狐仙鬼怪之灵异世界

册三

聊斋志异

[清]蒲松龄 著

万卷出版公司

阿英

甘玉字璧人，庐陵①人，父母早丧。遗弟珏字双璧，始五岁从兄鞠养。玉性友爱，抚弟如子。后珏渐长，丰姿秀出，又惠能文。玉益爱之，每曰：『吾弟表表②，不可以无良匹。』然简拔过刻，姻卒不就。适读书匡山③僧寺，夜初就枕，闻窗外有女子声。窥之，见三四女郎席地坐，数婢陈设酒，皆殊色也。一女曰：『秦娘子，阿英何不来？』下坐者曰：『昨自函谷来，被恶人伤右臂，不能同游，方用恨恨。』一女曰：『前宵一梦大恶，今犹汗悸。』下坐者摇手曰：『莫道，莫道！今宵姊妹欢会，言之吓人不快。』女笑曰：『婢子何胆怯尔尔！便有虎狼衔去耶？若要勿言，须歌一曲，为娘行④侑酒。』女低吟曰：『闲阶桃花取次开，昨日踏青小约未应乖。付嘱东邻女伴少待莫相催，着得凤头鞋子即当来。』吟罢，一座无不叹赏。

谈笑间，忽一伟丈夫岸然自外人，鹘睛荧荧，其貌狞丑。众啼曰：『妖至矣！』仓卒哄然，殆如鸟散。惟歌者婀娜不前，被执哀啼，强与支撑。丈夫吼怒，橦手断指，就便嚼食。女郎踣地若死。玉怜恻不可复忍，乃急袖剑拔关出，挥之中股；股落，负痛逃去。扶女入室，面如尘土，血淋衿袖，验其手则右拇断矣，裂帛代裹之。女始呻曰：『拯命之德，将何以报？』玉自初窥时，心已隐为弟谋，因告以意。女曰：『狼疾之人⑤，不能操箕帚矣。当别为贤仲图之。』诘其姓氏，答言：『秦氏。』玉乃展衾，俾暂休养，自乃袱被他所。晓而视之，则床已空，意其自归。而访察近村，殊少此姓；广托戚朋，并无确耗。归与弟言，悔恨若失。

珏一日偶游涂野，遇一二八女郎，姿致娟娟，顾之微笑，似将有言。因以秋波四顾而后问曰：『君

甘家二郎否？』曰：『然。』曰：『君家尊曾与妾有婚姻之约，何今日欲背前盟，另订秦家？』珏云：『小生幼孤，夙好都不曾闻，请言族阀，归当问兄。』女曰：『无须细道，但得一言，妾当自至。』珏以未禀兄命为辞，女笑曰：『欸郎君！遂如此怕哥子耶？妾陆氏，居东山望村。三日内当候玉音⑥。』乃别而去。珏归，述诸兄嫂。兄曰：『此大谬语！父殁时，我二十余岁，倘有是说，那得不闻？』又以其独行旷野，遂与男儿交语，愈益鄙之。因问其貌，珏红彻面颈不出一言。嫂笑曰：『想是佳人。』玉曰：『童子何辨妍媸？纵美，必不及秦；待秦氏不谐，图之未晚。』珏默而退。

逾数日，玉在途，见一女子零涕前行，垂鞭按辔而微睨之，人世殆无其匹。使仆诘焉，答曰：『我旧许甘家二郎；因家贫远徙，遂绝耗问。近方归，复闻郎家二三其德，背弃前盟。往问伯伯甘璧人，焉置妾也？』玉惊喜曰：『甘璧人，即我是也。先人曩约，实所不知。去家不远，请即归谋。』乃下骑授辔，步御以归。女自言：『小字阿英，家无昆季，惟外姊秦氏同居。』始悟丽者即其人也。玉欲告诸其家，女固止之。窃喜弟得佳妇，然恐其佻达招议。久之，女殊矜庄，又娇婉善言。母事嫂，嫂亦雅爱慕之。

值中秋，夫妻方狎宴，嫂招之，珏意怅惘。女遣招者先行，约以继至；而端坐笑言良久，殊无去志。珏恐嫂待久，故连促之。女但笑，卒不复去。质旦，晨妆甫竟，嫂自来抚问：『夜来相对，何尔怏怏？』女微哂之。珏觉有异，质对参差，嫂大骇：『苟非妖物，何得有分身术？』玉亦惧，隔帘而告之曰：『家世积德，曾无怨仇。如其妖也，请速行，幸勿杀吾弟！』女腼然曰：『妾本非人，只以阿翁夙盟，故秦家姊以此劝驾。自分不能育男女，尝欲辞去，所以恋恋者，为兄嫂待我不薄耳。今既见疑，

请从此诀。』转眼化为鹦鹉，翩然逝矣。

初，甘翁在时，蓄一鹦鹉甚慧，尝自投饵。时珏四五岁，问：『饲鸟何为？』父戏曰：『将以为汝妇。』间鹦鹉乏食，则呼珏云：『不将饵去，饿煞媳妇矣！』家人亦皆以此为戏。后断锁亡去。始悟旧约云即此也。然珏明知非人，而思之不置；嫂悬情犹切，旦夕啜泣。玉悔之而无如何。

后二年为弟聘姜氏女，意终不自得。有表兄为粤司李[⑦]，玉往省之，久不归。适土寇为乱，近村里落，半为丘墟。珏大惧，率家人避山谷。山上男女颇杂，都不知其谁何。忽闻女子小语，绝类英，嫂促珏近验之，果英。珏喜极，捉臂不释，女乃谓同行者曰：『姊且去，我望嫂嫂来。』既至，嫂望见悲哽。女慰劝再三，又谓：『此非乐土。』因劝令归。众惧寇至，女固言：『不妨。』乃相将俱归。女撮土拦户，嘱安居勿出，坐数语，反身欲去。嫂急握其腕，又令两婢捉左右足，女不得已，止焉。然不甚归私室；珏订之三四，始为之一往。嫂每谓新妇不能当叔[⑧]意。女遂早起为姜理妆，梳竟，细匀铅黄[⑨]，人视之，艳增数倍；如此三日，居然丽人。嫂奇之，因言：『我又无子。欲购一妾，姑未遑暇。不知婢辈可涂泽否？』女曰：『无人不可转移，但质美者易为力耳。』遂遍相诸婢，惟一黑丑者，有宜男相。乃唤与洗濯，已而以浓粉杂药末涂之，如是三日，面色渐黄；四七日，脂泽沁入肌理，居然可观。日惟闭门作笑，并不计及兵火。

一夜，噪声四起，举家不知所谋。俄闻门外人马鸣动，纷纷俱去。既明，始知村中焚掠殆尽；盗纵群队穷搜，凡伏匿岸穴者悉被杀掳。遂益德女，目之以神。女忽谓嫂曰：『妾此来，徒以嫂义难忘，聊分离乱之忧。阿伯行至，妾在此，如谚所云，非李非桃，可笑人也。我姑去，当乘间一相望耳。』嫂问：『行人无恙乎？』曰：『近中有大难。此无与他人事，秦家姊受恩奢，意必报之，固当无妨。』

嫂挽之过宿，未明已去。玉自东粤归，闻乱，兼程进。途遇寇，主仆弃马，各以金束腰间，潜身丛棘中。一秦吉了飞集棘上，展翼覆之。视其足，缺一指，心异之。俄而群盗四合，绕莽殆遍，似寻之。二人气不敢息。盗既散，鸟始翔去。既归，各道所见。始知秦吉了即所救丽者也。

后值玉他出不归，英必暮至；计玉将归而早出。珏或会于嫂所，间邀之，则诺而不赴。一夕玉他往，珏意英必至；潜伏候之。未几英果来，暴起，要遮而归于室。女曰：『妾与君情缘已尽，强合之，恐为造物所忌。少留有余，时作一面之会，如何？』珏不听，卒与狎。天明诣嫂，嫂怪之。女笑云：『中途为强寇所劫，劳嫂悬望矣。』数语趋出。

居无何，有巨狸衔鹦鹉经寝门过。嫂骇绝，固疑是英。时方沐，辍洗急号，群起噪击，始得之。左翼沾血，奄存余息。把置膝头，抚摩良久，始渐醒。自以喙理其翼。少选，飞绕中室，呼曰：『嫂嫂，别矣！吾怨珏也！』振翼遂去，不复来。

注释

①庐陵：古郡名。治所在今江西省吉安市。

②表表：指超凡出众，不同寻常。

③匡山：即江西省庐山。传说古人匡俗在此结庐而居，所以此山得名匡山、庐山或匡庐。

④娘行：犹言『咱们』，妇女的自称之词。娘，妇女的通称，多指青年妇女。行，辈。《史记·匈奴列传》：『汉天子，我丈人行也。』

⑤狼疾之人：指肢体残缺之人。《孟子·告子上》：『养其一指而失其肩背，而不知也，则为狼疾

人也。』狼疾，糊涂，此处借指身体残疾。

⑥玉音：您的回信。玉，尊敬对方之词。

⑦司李：即『司理』。北宋时置司理参军，掌各州狱讼之事。明代推官又称为『司理』。清初沿用明制，设推官和挂衔推官。

⑧叔：丈夫的弟弟。《尔雅·释亲》：『夫之弟为叔』。

⑨细匀铅黄：细心地为她涂脂抹粉。铅和黄，都是古代女子所用的化妆品。铅，铅粉。黄，雄黄之类的染料。六朝以来盛行黄额妆，在额间涂黄为饰。

青娥

霍桓字匡九，晋人也。父官县尉[1]，早卒。遗生最幼，聪惠绝人，十一岁以神童入泮[2]。而母过于爱惜，禁不令出庭户，年十三尚不能辨叔伯甥舅焉。

同里有武评事[3]者，好道，入山不返。有女青娥，年十四，美异常伦。幼时窃读父书，慕何仙姑之为人，父既隐，立志不嫁，母无奈之。一日，生于门外瞥见之。童子虽无知，只觉爱之极，而不能言；直告母，使委禽焉。母知其不可故难之，生郁郁不自得。母恐拂儿意，遂托往来者致意武，果不谐。

生行思坐筹，无以为计。会有一道士在门，手握小镵长裁尺许，生借阅一过，问：『将何用？』答云：『此劚药之具，物虽微，坚石可入。』生未深信。道士即以斫墙上石，应手落如腐。生大异之，把玩不释于手，道士笑曰：『公子爱之，即以奉赠。』生大喜，酬之以钱，不受而去。持归，历

试砖石，略无隔阂。顿念穴墙则美人可见，而不知其非法也。更定逾垣而出，直至武第，凡穴两重垣，始达中庭。见小厢中尚有灯火，伏窥之，则青娥卸晚装矣。少顷烛灭寂无声，穿墉入，女已熟眠。轻解双履，悄然登榻，又恐女郎惊觉，必遭呵逐，遂潜伏绣褶之侧，略闻香息，心愿窃慰。而半夜经营，疲殆颇甚，少一合眸，不觉睡去。女醒，闻鼻气休休，开目见穴隙亮入。大骇，暗中拔关轻出，敲窗唤家人妇，共爇火操杖以往。则见一总角书生酣眠绣榻，细审识为霍生。推之始觉，遽起，目灼灼如流星，似亦不大畏惧，但腼然不作一语。众指为贼，恐呵之。始出涕曰：『我非贼，实以爱娘子故，愿以近芳泽耳。』众又疑穴数重垣，非童子所能者。生出姞以言异，共试之，骇绝，讶为神授。将共告诸夫人，女俯首沉思，意似不以为可。众窥知女意，因曰：『此子声名门第，殊不辱玷。不如纵之使去，俾复求媒焉。诘旦，假盗以告夫人，如何也？』女不答。众乃促生行。生索姞，共笑曰：『騃儿童！犹不忘凶器耶？』生觑枕边，有凤钗一股，阴纳袖中。已为婢子所窥，急白之，女不言亦不怒。一媪拍颈曰：『莫道他騃，若意念乖绝也。』乃曳之，仍自窦中出。

既归，不敢实告母，但嘱母复媒致之。母不忍显拒，惟遍托媒氏，急为别觅良姻。青娥知之，中情皇急，阴使腹心者风示媪。媪悦，托媒往。会小婢漏泄前事，武夫人辱之，不胜恚愤。媒至，益触其怒，以杖画地，骂生并及其母。媒惧窜归，具述其状。生母亦怒曰：『不肖儿所为，我都梦梦。何遂以无礼相加！当交股时，何不将荡儿淫女一并杀却？』由是见其亲属，辄便披诉。女闻愧欲死，武夫人大悔，而不能禁之使勿言也。女阴使人婉致生母，且矢之以不他，其词悲切。母感之乃不复言，而论亲之媒，亦遂辍矣。

会秦中欧公宰是邑，见生文，深器之，时召入内署，极意优宠。一日问生：『婚乎？』答言：『未。』细诘之，对曰：『夙与故武评事女小有盟约，后以微嫌，遂致中寝。』问：『有愿之否？』生腼然不言。公笑曰：『我当为子成之。』即委县尉教谕，纳币于武。夫人喜，婚乃定，逾岁娶归。女入门，乃以镜掷地曰：『此寇盗物，可将去！』生笑曰：『勿忘媒妁。』珍佩之，恒不去身。女为人温良寡默，一日三朝其母，余惟闭门寂坐，不甚留心家务。母或以吊庆他往，则事事经纪，罔不井井。年余生一子孟仙，一切委之乳保，似亦不甚顾惜。又四五年，忽谓生曰：『欢爱之缘，于兹八载。今离长会短，可将奈何！』生惊问之，即已默默，盛妆拜母，返身入室。追而诘之，则仰眠榻上而气绝矣。母子痛悼，购良材而葬之。母已衰迈，每每抱子思母，如摧肺肝，由是遘病，遂惫不起。逆害饮食，但思鱼羹，而近地则无，百里外始可购致。时厮骑皆被差遣，生性纯孝，急不可待，怀资独往，昼夜无停趾。返至山中，日已沉冥，两足跛骑，步不能咫。后一叟至，问曰：『足得毋泡乎？』生唯唯。叟便曳坐路隅，敲石取火，以纸裹药末熏生两足讫。试使行，不惟痛止，兼益矫健。感极申谢，叟问：『何事汲汲？』答以母病，因历道所由。叟问：『何不另娶？』答云：『未得佳者。』叟遥指山村曰：『此处有一佳人，倘能从我去，仆当为君作伐。』生辞以母病待鱼，姑不遑暇。叟乃拱手，约以异日入村但问老王，乃别而去。生归烹鱼献母，母略进，数日寻瘳。乃命仆马往寻叟，至旧处迷村所在。周章逾时，夕暾[4]渐坠，山谷甚杂，又不可以极望。乃与仆上山头，以瞻里落；而山径崎岖，苦不可复骑，跋履而上，昧色笼烟矣。蹀躞四望，更无村落。方将下山，而归路已迷，心中燥火如烧。荒窜间，冥堕绝壁，幸数尺下有一线荒台，坠卧其上，阔仅容身，下视黑不见底。惧极不敢少动。又幸崖边皆生小树，约体如栏。

移时，见足傍有小洞口，心窃喜，以背着石，蠕行而入。意稍稳，冀天明可以呼救。少顷，深处有光如星点。渐近之，约三四里许，忽睹廊舍，并无釭烛，而光明若昼。一丽人自房中出，视之则青娥也。见生，惊曰：『郎何能来？』生不暇陈，抱袪呜恻。女劝止之，问母及儿，生悉述苦况，女亦惨然。生曰：『卿死年余，此得无冥间耶？』女曰：『非也，此乃仙府。曩时非死，所瘗一竹杖耳。郎今来，仙缘有分也。』因导令朝父，则一修髯丈夫坐堂上，生趋拜。女曰：『霍郎来。』翁惊起，握手略道平素⑤。曰：『婿来大好，分当留此。』生辞以母望，不能久留。翁曰：『我亦知之。但迟三数日，即亦何伤。』乃饵以肴酒，即令婢设榻于西堂，施锦裀焉。生既退，约女同榻寝，女却之曰：『此何处，可容狎亵？』生捉臂不舍。窗外婢子笑声嗤然，女益惭。方争拒间，翁入叱曰：『俗骨污吾洞府！宜即去！』生素负气，愧不能忍，作色曰：『儿女之情，人所不免，长者何当伺我？无难即去，但令女须便将去。』翁无辞，招女随之，启后户送之，赚生离门，父子阖扉去。回首峭壁巉岩，无少隙缝，只影茕茕，罔所归适。视天上斜月高揭，星斗已稀。怅怅良久，悲已而恨，面壁叫号，迄无应者。愤极，腰中出镵，凿石攻进，瞬息洞入三四尺许。隐隐闻人语曰：『孽障⑥哉！』生奋力凿益急。忽洞底豁开二扉，推娥出曰：『可去，可去！』壁即复合。女怨曰：『既爱我为妇，岂有待丈人如此者？是何处老道士授汝凶器，将人缠混欲死？』生得女，意愿已慰，不复置辩，但忧路险难归。女折两枝，各跨其一即化为马，行且驶，俄顷至家。时失生已七日矣。初，生之与仆相失也，觅之不得，归而告母。母遣人穷搜山谷，并无踪绪。正忧惶所，闻子自归，欢喜承迎。举首见妇，几骇绝。生略述之，母益忻慰。女以形迹诡异，虑骇物听，求即播迁，母从之。异郡有别业，刻期徙往，人莫之知。

偕居十八年，生一女，适同邑李氏。后母寿终。女谓生曰：『吾家茅田中有雉抱八卵，其地可葬，汝父子扶榇归窆。儿已成立，宜即留守庐墓，无庸复来。』生从其言，葬后自返。月余孟仙往省之，而父母俱杳。问之老奴，则云：『赴葬未还。』心知其异，浩叹而已。

孟仙文名甚噪，而困于场屋，四旬不售。后以拔贡入北闱，遇同号生⑦，年可十七八，神采俊逸，爱之。视其卷，注顺天廪生霍仲仙。瞪目大骇，因自道姓名。仲仙亦异之，便问乡贯，孟悉告之。仲仙喜曰：『弟赴都时，父嘱文场中如逢山右霍姓者，吾族也，宜与款接，今果然矣。顾何以名字相同如此？』孟仙因诘高、曾，并严、慈姓讳，已而惊曰：『是我父母也！』仲仙疑年齿之不类。孟仙曰：『我父母皆仙人，何可以貌信其年岁乎？』因述往迹，仲仙始信。

场后不暇休息，命驾同归。才到门，家人迎告，是夜失太翁及夫人所在。两人大惊。仲仙入而询诸妇，妇言：『昨夕尚共杯酒，母谓：「汝夫妇少不更事。明日大哥来，吾无虑矣。」早旦入室，则阒无人矣。』兄弟闻之，顿足悲哀。仲仙犹欲追觅，孟仙以为无益，乃止。是科仲领乡荐。以晋中祖墓所在，从兄而归。犹冀父母尚在人间，随在探访，而终无踪迹矣。

异史氏曰：钻穴眠榻，其意则痴；凿壁骂翁，其行则狂；仙人之撮合之者，惟欲以长生报其孝耳。然既混迹人间，狎生子女，则居而终焉，亦何不可？乃三十年而屡弃其子，抑独何哉？异已！

注释

①县尉：掌管一县刑狱缉捕之事。明代废县尉，以典史替之，后世因称典史为县尉。

②以神童入泮：此指天资聪颖的儿童考中秀才。神童，智力过人的儿童。唐宋时科举考试特设有童子

科，应试者称『应神童试』，有年龄限制。明代设童生试，则不论年龄大小。霍桓年仅十一岁就考中秀才，故称之为『神童』。

③评事：官名，掌管评审刑狱。汉置廷尉评，隋以后称评事，属大理寺。明清分设左右评事。

④夕暾：夕阳。暾，本指初升的太阳，此处指阳光。

⑤道平素：话家常。平素，指平日的事情，陶潜《咏二疏》：『促席延故老，挥觞道平素。』

⑥孽障：同『业障』。佛家所称的过去做的恶事造成的不良后果。后成为骂人的话，即祸患。

⑦同号生：贡院中同一号舍的考生。贡院为应试士子考试、住宿之所，内分若干巷舍，并按《千字文》编号。每一号巷舍多则近百间，少则五六十间，每个考生占用一间。

仙人岛

王勉字黾斋，灵山人。有才思，屡冠文场，心气颇高，善诮骂，多所凌折。偶遇一道士，视之曰：『子相极贵，然被「轻薄孽」折除几尽矣。以子智慧，若反身修道，尚可登仙籍。』王嗤曰：『福泽诚不可知，然世上岂有仙人！』道士曰：『子何见之卑？无他求，即我便是仙耳。』王乃益笑其诬。

道士曰：『我何足异。能从我去，真仙数十，可立见之。』问：『在何处？』曰：『咫尺耳。』遂以杖夹股间，即以一头授生，令如己状。嘱合眼，呵曰：『起！』觉杖粗如五斗囊，凌空翕飞，潜扪之，鳞甲齿齿焉。骇惧，不敢复动。移时，又呵曰：『止！』即抽杖去，落巨宅中，重楼延阁，类帝王居。有台高丈余，台上殿十一楹，弘丽无比。道士曳客上，即命童子设筵招宾。殿上列数十筵，铺张炫目。

道士易盛服以伺。少顷，诸客自空中来，所骑或龙、或虎、或鸾凤，不一类。又各携乐器。有女子，有丈夫，有赤其两足。中独一丽者跨彩凤，宫样妆束，有侍儿代抱乐具，长五尺以来，非琴非瑟，不知其名。酒既行，珍肴杂错，入口甘芳，并异常馐。王默然寂坐，惟目注丽者，然心爱其人，而又欲闻其乐，窃恐其终不一弹。酒阑，一叟倡言曰：『蒙崔真人雅召，今日可云盛会，自宜尽欢。请以器之同者，共队为曲。』于是各合配旅。丝竹之声，响彻云汉。独有跨凤者，乐伎无偶。群声既歇，侍儿始启绣囊横陈几上。女乃舒玉腕，如掐筝状，其亮数倍于琴，烈足开胸，柔可荡魄。弹半炊许，合殿寂然，无有咳者。既阕，铿尔一声，如击清磬。共赞曰：『云和夫人[1]绝技哉！』大众皆起告别，鹤唳龙吟，一时并散。

道士设宝榻锦衾，备生寝处。王初睹丽人心情已动，闻乐之后涉想犹劳[2]；念己才调，自合芥拾青紫[3]，富贵后何求弗得；顷刻百绪，乱如蓬麻。道士似已知之，谓曰：『子前身与我同学，后缘意念不坚，遂坠尘网。仆不自他于君，实欲拔出恶浊；不料迷晦已深，梦梦不可提悟。今当送君行。未必无复见之期，然作天仙须再劫[4]矣。』遂指阶下长石，令闭目坐，坚嘱无视。已，乃以鞭驱石。石飞起，风声灌耳，不知所行几许。忽念下方景界未审何似，隐将两眸微开一线，则见大海茫茫，浑无边际。大惧，即复合，而身已随石俱堕，砰然一响，汩没若鸥。

幸夙近海，略诸泅浮。闻人鼓掌曰：『美哉跌乎！』危殆方急，一女子援登舟上，且曰：『吉利，吉利，秀才「中湿」矣！』视之，年可十六七，颜色艳丽。王出水寒栗，求火燎之。女子言：『从我至家，当为处置。苟适意，勿相忘。』王曰：『是何言哉！我中原才子，偶遭狼狈，过此图以身报，何

但不忘！』女子以棹催艇，疾如风雨，俄已近岸。于舱中携所采莲花一握，导与俱去。

半里许入村，见朱户南开，进历数重门，女子先驰入。少间，一丈夫出，是四十许人，揖王升阶，命侍者取冠袍袜履，为王更衣。既，询邦族。王曰：『某非相欺，才名略可听闻。崔真人切切眷恋，招升天阙。自分功名反掌，以故不愿栖隐。』丈夫起敬曰：『此名仙人岛，远绝人世。文若姓桓，世居幽僻，何幸得近名流。』因而殷勤置酒。又从容而言曰：『仆有二女，长者芳云年十六矣，只今未遭良匹，欲以奉侍高人，如何？』王意必采莲人，离席称谢。桓命于邻党中，招二三齿德⑤来。顾左右，立唤女郎。无何，异香浓射，美姝十余辈，拥芳云出，光艳明媚，若芙蕖之映朝日。拜已即坐，群姝列侍，则采莲人亦在焉。

酒数行，一垂髫女自内出，仅十余龄，而姿态秀曼，笑依芳云肘下，秋波流动。桓曰：『女子不在闺中，出作何务？』乃顾客曰：『此绿云，即仆幼女。颇惠，能记典、坟矣。』因令对客吟诗，遂诵竹枝词三章，娇婉可听，便令傍姊隅坐。桓因谓：『王郎天才，宿构必富，可使鄙人得闻教乎？』王即慨然颂近体一作，顾盼自雄，中二句云：『一身剩有须眉在，小饮能令块磊消。』邻叟再三诵之。芳云低告曰：『上句是孙行者离火云洞，下句是猪八戒过子母河也。』一座抚掌。桓请其他，王述《水鸟》诗云：『潴头鸣格磔，……』忽忘下句。甫一沉吟，芳云向妹呫呫耳语，遂掩口而笑。绿云告父曰：『渠为姊夫续下句矣。云：「狗腚响弸巴。」』合席粲然。王有惭色。桓顾芳云：怒之以目。

王色稍定，桓复请其文艺。王意世外人必不知八股业，乃炫其冠军之作，题为《孝哉闵子骞》

二句，破云：『圣人赞大贤之孝……』绿云顾父曰：『圣人无字门人者，「孝哉……」一句，即是人言。』王闻之，意兴索然。桓笑曰：『童子何知！不在此，只论文耳。』王乃复诵，每数句，姊妹必相耳语，似是月旦之词，但嚅嗫不可辨。王诵至佳处，兼述文宗评语，有云：『字字痛切。』绿云告父曰：『姊云：「宜删『切』字。」』众都不解。桓恐其语嫚，不敢研诘。王诵毕，又述总评，有云：『羯鼓一挝，则万花齐落。』芳云又掩口语妹，两人皆笑不可仰。绿云又告曰：『姊云：「羯鼓当是四挝。」』众又不解。绿云启口欲言。芳云忍笑诃之曰：『婢子敢言，打煞矣！』众大疑，互有猜论。绿云不能忍，乃曰：『去「切」字，言「痛」则「不通」。鼓四挝，其声云「不通又不通」也。』众大笑。桓怒诃之，因而自起泛卮[6]，谢过不遑。王初以才名自诩，目中实无千古，至此神气沮丧，徒有汗淫。桓谀而慰之曰：『适有一言，请席中属对焉：「王子身边，无有一点不似玉。」』众未措想，绿云应声曰：『「黾翁头上，再着半夕即成龟。」』芳云失笑，呵手扭胁肉数四。绿云解脱而走，回顾曰：『何预汝事！汝骂之频频不以为非，宁他人一句便不许耶？』桓咄之，始笑而去。邻叟辞别。

诸婢导夫妻入内寝，灯烛屏榻，陈设精备。又视洞房中，牙签[7]满架，靡书不有。略致问难，响应无穷。王至此，始觉望洋堪羞[8]。女唤『明珰』，则采莲者趋应，由是始识其名。屡受诮辱，自恐不见重于闺闼；幸芳云语言虽虐，而房帏之内，犹相爱好。王安居无事，辄复吟哦。女曰：『妾有良言，不知肯嘉纳否？』问：『何言？』曰：『从此不作诗，亦藏拙之一道也。』王大惭，遂绝笔。

久之，与明珰渐狎，告芳云曰：『明珰与小生有拯命之德，愿少假以辞色。』芳云乃即许之。每作房中之戏，招与共事，两情益笃，时色授而手语之。芳云微觉，责词重叠，王惟喋喋，强自解免。一夕对酌，王以为寂，劝招明珰。芳云不许，王曰：『卿无书不读，何不记「独乐乐」数语？』芳云曰：『我言君不通，今益验矣。句读尚不知耶？「独要，乃乐于人要；问乐，孰要乎？」曰：「不。」』一笑而罢。适芳云姊妹赴邻女之约，王得间，急引明珰，绸缪备至。当晚，觉小腹微痛，痛已而前阴尽肿。大惧，以告芳云。云笑曰：『必明珰之恩报矣！』王不敢隐，实供之。芳云曰：『自作之殃，实无可以方略。既非痛痒，听之可矣。』数日不瘳，优闷寡欢。芳云知其意，亦不问讯，但凝视之，秋水盈盈，朗若曙星[9]。王曰：『卿所谓「胸中正，则眸子瞭焉」。』芳云笑曰：『卿所谓「胸中不正，则眸子眸焉」。』盖『没有』之『没』，俗读似『眸』，故以此戏之也。王失笑，哀求方剂。曰：『君不听良言，前此未必不疑妾为妒意。不知此婢，原不可近。曩实相爱，而君若东风之吹马耳，故唾弃不相怜。无已，为若治之。然医师必审患处。』乃探衣而咒曰：『「黄鸟黄鸟，无止于楚！」』王不觉大笑，笑已而瘳。

逾数月，王以亲老子幼，每切怀忆，以意告女。女曰：『归即不难，但会合无日耳。』王涕下交颐，哀与同归，女筹思再三，始许之，桓翁张筵祖饯。绿云提篮入，曰：『姊姊远别，莫可持赠。恐至海南，无以为家，夙夜代营宫室，勿嫌草创。』芳云拜而受之。近而审谛，则用细草制为楼阁，大如橼，小如橘，约二十余座，每座梁栋榱题历历可数，其中供帐床榻类麻粒焉。王儿戏视之，而心窃叹其工。芳云曰：『实于君言：我等皆是地仙[10]。因有夙分，遂得陪从。本不欲践红尘，徒以君有老父，故不忍违。待父天年，须复还也。』王敬诺。桓乃问：『陆耶？舟耶？』王以风涛险，愿陆。出则车马已候于门。谢别而迈，行踪骛驶。俄至海岸，王心虑其无途。芳云出素练一匹，望南抛去，化为长堤，其阔盈丈。

瞬息驰过，堤亦渐收。至一处，潮水所经，四望辽邈。芳云止勿行，下车取篮中草具，偕明珰数辈，布置如法，转眼化为巨第。并入解装，则与岛中居无稍差殊，洞房内几榻宛然。时已昏暮，因止宿焉。

早旦，命王迎养。王命骑趋诣故里，至则居宅已属他姓。问之里人，始知母及妻皆已物故，惟老父尚存。子善博，田产并尽，祖孙莫可栖止，暂僦居于西村。王初归时，尚有功名之念，不恝于怀；及闻此况，沉痛大悲，自念富贵纵可携取，与空花何异。驱马至西村见父，衣服滓敝，衰老堪怜。相见，各哭失声；问不肖子，则出赌未归。王乃载父而还。芳云朝拜已毕，燂汤请浴，进以锦裳，寝以香舍。又遥致故老与谈宴，享奉过于世家。子一日寻至其处，王绝之不听入，但予以廿金，使人传语曰：『可持此买妇，以图生业。再来，则鞭打立毙矣！』子泣而去。王自归，不甚与人通礼；然故人偶至，必延接盘桓，㧑过于平时。独有黄子介，夙与同门学，亦名士之坎坷者，王留之甚久，时与秘语，赂遗甚厚。居三四年，王翁卒，王万钱卜兆，营葬尽礼。时子已娶妇，妇束男子严，子赌亦少间矣；是日临丧，始得拜识姑嫜。芳云一见，许其能家，赐三百金为田产之费。翼日，黄及子同往省视，则舍宇全渺，不知所在。

异史氏曰：佳丽所在，人且于地狱中求之，况享受无穷乎？地仙许携姝丽，恐帝阙下虚无人矣。轻薄减其禄籍，理固宜然，岂仙人遂不之忌哉？彼妇之口，抑何其虐也！

注释

①云和夫人：传说中善于弹琴的仙女名。云和，山名，出产琴材。《周礼·春官·大司乐》：『孤竹之管，云和之琴瑟。』

②涉想犹劳：思念不已。涉想，想象。何逊《为衡山侯与妇书》：『帐前微笑，涉想犹存。』

③芥拾青紫：意谓谋取高官就像从地上捡起芥草一样容易。《汉书·夏侯胜传》：『经术苟明，其取青紫如俯拾地芥耳。』青紫，汉三公（丞相、太尉、御史大夫）官印上的绶带。

④再劫：遭受两次劫数。劫，梵语音译，指极为久远的时节。佛家对『劫』的说法众说纷纭。《法苑珠林·劫量述意》：『夫劫者，盖是纪时之名，犹年号耳。』

⑤齿德：年高德劭的长者。齿，年齿，年龄。《汉书·武帝纪》载：『古之立教，乡里以齿，朝廷以爵，扶世导民，莫善于德。』

⑥泛卮：把酒斟满。卮，圆形酒器。《史记·吕后本纪》：『太后乃恐，自起泛孝惠卮。』

⑦牙签：象牙所制的书签，此处指书函。

⑧望洋堪羞：指因孤陋寡闻而惭愧。望洋，仰视的样子。《庄子·秋水》：『（河伯）顺流而东行，至于北海，东面而视，不见水端。于是焉何伯始旋其面目，望洋向若而叹曰：「野语有之，曰：闻道百以为莫己若者，我之谓也。」』

⑨『秋水』二句：意谓眼波像辰星一样清澈。秋水，喻眼波。盈盈，水清澈的样子。

⑩地仙：指住在人间的仙人。葛洪《抱朴子·论仙》：『按《仙经》云：上士举形升虚，谓之天仙；中士游于名山，谓之地仙；下士先死后蜕，谓之尸解。』

柳生

周生，顺天宦裔也，与柳生善。柳得异人之传，精袁许之术[1]。尝谓周曰：『子功名无分，万锺之资尚可以人谋，然尊阃薄相，恐不能佐君成业。』未几妇果亡，家室萧条，不可聊赖。因诣柳，将以卜姻。入客舍坐良久，柳归内不出。呼之再三，始方出，曰：『我日为君物色佳偶，今始得之。适在内作小术，求月老系赤绳耳。』周喜问之，答曰：『甫有一人携囊出，遇之否？』曰：『遇之。褴褛若丐。』曰：『此君岳翁，宜敬礼之。』周曰：『缘相交好，遂谋隐密，何相戏之甚也！仆即式微，犹是世裔，何至下昏于市侩？』柳曰：『不然。犁牛尚有子，何害？』周问：『曾见其女耶？』答曰：『未也。我素与无旧，姓名亦问讯知之。』周笑曰：『尚未知犁牛，何知其子？』柳曰：『我以数[2]信之，其人凶而贱，然当生厚福之女。但强合之必有大厄，容复禳之。』周既归，未肯以其言为信，诸方觅之，迄无一成。

一日柳生忽至，曰：『有一客，我已代折简矣。』问：『为谁？』曰：『且勿问，宜速作黍。』周不谕其故，如命治具。俄客至，盖傅姓营卒也。心内不合，阳浮道与之；而柳生承应甚恭。少间酒肴既陈，杂恶草具进。柳起告客：『公子向慕已久，每托某代访，曩夕始得晤。又闻不日远征，立刻相邀，可谓仓卒主人矣。』饮间傅忧马病不可骑，柳亦俯首为之筹思。既而客去，柳让周曰：『千金不能买此友，何乃视之漠漠？』借马骑归，因假周命，登门持赠傅。周既知，稍稍不快，已无如何。

过岁将如江西，投臬司幕。诣柳问卜，柳言：『大吉！』周笑曰：『我意无他，但薄有所猎，当购佳妇，几幸前言之不验也，能否？』柳云：『并如君愿。』及至江西，值大寇叛乱，三年不得归。

后稍平，选日遵路，中途为土寇所掠，同难人七八位，皆劫其金资释令去，惟周被掳至巢。盗首诘其家世，因曰：『我有息女，欲奉箕帚，当即无辞。』周不答，盗怒，立命枭斩。周惧，思不如暂从其请，因从容而弃之。遂告曰：『小生所以踟蹰者，以文弱不能从戎，恐益为丈人累耳。如使夫妇得相将俱去，恩莫厚焉。』盗曰：『我方忧女子累人，此何不可从也。』引入内，妆女出见，年可十八九，盖天人也。当夕合卺，深过所望。细审姓氏，乃知其父即当年荷囊人也。因述柳言，为之感叹。

过三四日，将送之行，忽大军掩至，全家皆就执缚。有将官三员监视，已将妇翁斩讫，寻次及周。周自分已无生理，一员审视曰：『此非周某耶？』盖傅卒已军功授副将军矣。谓僚曰：『此吾乡世家名士，安得为贼。』解其缚，问所从来。周诡曰：『适从江皋娶妇而归，不意途陷盗窟，幸蒙拯救，德戴二天！但室人离散，求借洪威，更赐瓦全。』傅命列诸俘，令其自认，得之。饷以酒食，助以资斧，曰：『曩受解骖之惠，旦夕不忘。但抢攘间，不遑修礼，请以马二匹、金五十两，助君北旋。』又遣二骑持信矢[3]护送之。

途中，女告周曰：『痴父不听忠告，母氏死之。知有今日久矣，所以偷生旦暮者，以少时曾为相者所许，冀他日能收亲骨耳。某所窖藏巨金，可以发赎父骨，余者携归，尚足谋生产。』嘱骑者候于路，两人至旧处，庐舍已烬，于灰火中取佩刀掘尺许，果得金，尽装入橐，乃返。以百金赂骑者，使瘗翁尸，又引拜母冢，始行。至直隶界，厚赐骑者而去。周久不归，家人谓其已死，恣意侵冒，粟帛器具，荡无存者。闻主人归，大惧，哄然尽逃；只有一妪、一婢、一老奴在焉。周以出死得生，不复追问。及访柳，则不知所适矣。

女持家逾于男子，择醇笃者授以资本，而均其息。每诸商会计于檐下，女垂帘听之，盘中误下一珠，辄指其讹。内外无敢欺。数年伙商盈百，家数十巨万矣。乃遣人移亲骨厚葬之。

异史氏曰：月老可以贿嘱，无怪媒妁之同于牙侩④矣。乃盗也而有是女耶？培塿无松柏，此鄙人之论耳。妇人女子犹失之，况以相天下士哉！

注释

①袁许之术：相人之术。袁许，泛指相术家。袁，袁天纲，唐代成都人。许，许负，汉初河内温人。

②数：命数，运数。

③信矢：作为信物的令箭。

④牙侩：牙人。旧时集市上为买卖双方说合牵线，从中赚取佣金的人。

宦娘

温如春，秦之世家也。少癖嗜琴，虽逆旅未尝暂舍。客晋，经由古寺，系马门外，暂憩止。入则有布衲道人，趺坐廊间，筇杖倚壁，花布囊琴。温触所好，因问：『亦善此也？』道人云：『顾不能工，愿就善者学之耳。』遂脱囊授温，视之，纹理佳妙，略一勾拨，清越异常。喜为抚一短曲，道人微笑，似未许可。温乃竭尽所长，道人哂曰：『亦佳，亦佳！但未足为贫道师也。』温以其言夸，转请之。道人接置膝上，裁拨动，觉和风自来；又顷之，百鸟群集，庭树为满。温惊极，拜请受业。道人三复之，温侧耳倾心，稍稍会其节奏。道人试使弹，点正疏节，曰：『此尘间已无对矣。』温由是精心刻画，遂

称绝技。

后归程，离家数十里，日已暮，暴雨莫可投止。路旁有小村，趋之，不遑审择，见一门匆匆遽入。登其堂，阒无人；俄一女郎出，年十七八，貌类神仙。举首见客，惊而走入。温时未偶，系情殊深。俄一老妪出问客，温道姓名，兼求寄宿。妪言：『宿当不妨，但少床榻；不嫌屈体，便可藉藁。』少旋以烛来，展草铺地，意良殷。问其姓氏，答云：『赵姓。』又问：『女郎何人？』曰：『此宦娘，老身之犹子也。』温曰：『不揣寒陋，欲求援系①，如何？』妪颦蹙曰：『此即不敢应命。』温诘其故，但云难言，怅然遂罢。妪既去，温视藉草腐湿，不堪卧处，因危坐鼓琴，以消永夜。雨既歇，冒夜遂归。

邑有林下部郎②葛公喜文士，温偶诣之，受命弹琴。帘内隐约有眷客窥听，忽风动帘开，见一及笄人，丽绝一世。盖公有一女，小字良工，善词赋，有艳名。温心动，归与母言，媒通之，而葛以温势式微不许。然女自闻琴以后，心窃倾慕，每冀再聆雅奏；而温以姻事不谐，志乖意沮，绝迹于葛氏之门矣。一日，女于园中拾得旧笺一折，上书惜余春词云：『因恨成痴，转思作想，日日为情颠倒。海棠带醉，杨柳伤春，同是一般怀抱。甚得新愁旧愁，铲尽还生，便如青草。自别离，只在奈何天里，度将昏晓。今日个蹙损春山，望穿秋水，道弃已拚弃了！芳衾妒梦，玉漏惊魂，要睡何能睡好？漫说长宵似年，依视一年，比更犹少：过三更已是三年，更有何人不老！』女吟咏数四，心悦好之。怀归，出锦笺，庄书一通置案间，逾时索之不可得，窃意为风飘去。适葛经闺门过，拾之；谓良工作，恶其词荡，火之而未忍言，欲急醮之③。临邑刘方伯④之公子，适来问名，心善之，而犹欲一睹其人。

公子盛服而至，仪容秀美。葛大悦，款延优渥。既而告别，坐下遗女舄一钩。心顿恶其儇薄，因呼媒而告以故。公子亟辩其诬，葛弗听，卒绝之。

先是，葛有绿菊种，吝不传，良工以植闺中。温庭菊忽有一二株化为绿，同人闻之，辄造庐观赏，温亦宝之。凌晨趋视，于畦畔得笺写惜余春词，反覆披读，不知其所自至。以『春』为己名益惑之，即案头细加丹黄，评语亵嫚。适葛闻温菊变绿，讶之，躬诣其斋，见词便取展读。温以其评亵，夺而挼莎之。葛仅读一两句，盖即闺门所拾者也。大疑，并绿菊之种，亦猜良工所赠。归告夫人，使逼诘良工。良工涕欲死，而事无验见，莫有取实。夫人恐其迹益彰，计不如以女归温。葛然之，遥致温，温喜极。是日招客为绿菊之宴，焚香弹琴，良夜方罢。既归寝，斋童闻琴自作声，初以为僚仆之戏也，既知其非人，始白温。温自诣之，果不妄。其声梗涩，似将效己而未能者。拃火暴入，杳无所见。温携琴去，则终夜寂然。因意为狐，固知其愿拜门墙也者，遂每夕为奏一曲，而设弦任操若师，夜夜潜伏听之。至六七夜，居然成曲，雅足听闻。

温既亲迎，各述曩词，始知缔好之由，而终不知所由来。良工闻琴鸣之异，往听之，曰：『此非狐也，调凄楚，有鬼声。』温未深信。良工因言其家有古镜，可鉴魑魅。翌日遣人取至，伺琴声既作，握镜遽入；火之，果有女子在，仓皇室隅，莫能复隐，细审之赵氏之宦娘也。大骇，穷诘之。泫然曰：『代作蹇修，不为无德，何相逼之甚也？』温请去镜，约勿避；诺之。乃囊镜。女遥坐曰：『妾太守之女死百年矣。少喜琴筝，筝已颇能谙之，独此技未能嫡传，重泉[5]犹以为憾。惠顾时，得聆雅奏，倾心向往；又恨以异物不能奉裳衣，阴为君肠合佳偶，以报眷顾之情。刘公子之女舄，惜余春之俚词，皆妾为之也。酬师者不可谓不劳矣。』夫妻咸拜谢之。宦娘曰：『君之业，妾思过半矣，但未尽其神理，请为妾再鼓之。』温如其请，又曲陈其法。宦娘大悦曰：『妾已尽得之矣！』乃起辞欲去。良工故善筝，闻其所长，愿以披聆。宦娘不辞，其调其谱，并非尘世所能。良工击节，转请受业。女命笔为给谱十八章，又起告别。夫妻挽之良苦，宦娘凄然曰：『君琴瑟之好⑥，自相知音；薄命人乌有此福。如有缘，再世可相聚耳。』因以一卷授温曰：『此妾小像。如不忘媒妁，当悬之卧室，快意时焚香一炷，对鼓一曲，则儿身受之矣。』出门遂没。

注释

①援系：攀附。《国语·晋语》九：『董叔将娶于范氏，叔向曰：「范氏富，盍已乎？」』曰：『欲为援系焉。』

②林下部郎：退隐的部郎。林下，树林之下，即田野，借指退隐之所。故古时官吏退休称归林。部郎，明清中央各部郎中或员外郎之类的高级部员。

③醮之：把她嫁人。醮，古代婚礼的仪式，女子出嫁时父母酌酒饮之。

④方伯：古时诸侯一方之长称方伯。后泛指地方官，明清时指布政使。

⑤重泉：指九泉之下，阴间。

⑥琴瑟之好：比喻夫妇间感情和谐。《诗·小雅·常棣》：『妻子好合，如鼓琴瑟。』

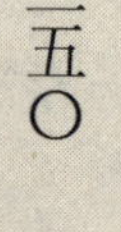

阿绣

海州[1]刘子固，十五岁时，至盖省其舅。见杂货肆中一女子，姣丽无双，心爱好之。潜至其肆，托言买扇。女子便呼父，父出，刘意沮，故折阅之而退。遥睹其父他往，又诣之，女将觅父，刘止之曰：『无须，但言其价，我不靳直耳。』女如言固昂之，刘不忍争，脱贯竟去。明日复往又如之。行数武，女追呼曰：『返来！适伪言耳，价奢过当。』因以半价返之。刘益感其诚，蹈隙辄往，由是日熟。女问：『郎居何所？』以实对。转诘之，自言：『姚氏。』临行，所市物，女以纸代裹完好，已而以舌舐粘之。刘怀归不敢复动，恐乱其舌痕也。积半月为仆所窥，阴与舅力要之归。意惓惓不自得。以所市香帕脂粉等类，密置一箧，无人时，辄阖户自捡一过，触类凝想[2]。

次年复至盖，装甫解即趋女所，至则肆宇阖焉，失望而返。犹意偶出未返，早又诣之，阖如故。问诸邻，始知姚原广宁人，以贸易无重息，故暂归去，又不审何时可复来。神志乖丧。居数日怏怏而归。母为议婚，屡梗之，母怪且怒。仆私以曩事告母，母益防闲之，盖之途由是绝。刘忽忽遂减眠食。母忧思无计，念不如从其志。于是刻日办装使如盖，转寄语舅，媒合之。舅即承命诣姚。逾时而返，谓刘曰：『事不谐矣！阿绣已字广宁人。』刘低头丧气，心灰绝望。既归，捧箧啜泣，而徘徊顾念，冀天下有似之者。

适媒来，艳称复州黄氏女。刘恐不确，命驾至复。入西门，见北向一家，两扉半开，内一女郎怪似阿绣。再属目之，且行且盼而入，真是无讹。刘大动，因僦其东邻居，细诘知为李氏。反复疑念，天下宁有此酷肖者耶？居数日莫可夤缘，惟目眈眈候其门，以冀女或复出。一日日方西，女果出，忽见刘，即返身走，以手指其后；又复掌及额，而入。刘喜极，但不能解。凝思移时，信步诣舍后，见荒园寥廓，西有短垣，略可及肩。豁然顿悟，遂蹲伏露草中。久之，有人自墙上露其首，小语曰：『来乎？』刘诺而起，细视真阿绣也。因大恫，涕堕如绠。女隔堵探身，以巾拭其泪，深慰之。刘曰：『百计不遂，自谓今生已矣，何期复有今夕？顾卿何以至此？』曰：『李氏，妾表叔也。』刘请逾垣。女曰：『君先归，遣从人他宿，妾当自至。』刘如言，坐伺之。少间女悄然入，妆饰不甚炫丽，袍裤犹昔。刘挽坐，备道艰苦，因问：『卿已字，何未醮也？』女曰：『言妾受聘者，妄也。家君以道里赊远，不愿附公子婚，此或托舅氏诡词以绝君望耳。』既就枕席，宛转万态，款接之欢不可言喻。四更遽起，过墙而去。刘自是不复措意黄氏矣。旅居忘返，经月不归。

一夜仆起饲马，见室中灯犹明，窥之，见阿绣，大骇。顾不敢言主人，旦起访市肆，始返而诘刘曰：『夜与还往者，何人也？』刘初讳之，仆曰：『此第岑寂，狐鬼之薮，公子宜自爱。彼姚家女郎，何为而至此？』刘始腆然曰：『西邻是其表叔，有何疑沮？』仆言：『我已访之审：东邻止一孤媪，西家一子尚幼，别无密戚。所遇当是鬼魅；不然，焉有数年之衣尚未易者？且其面色过白，两颊少瘦，笑处无微涡，不如阿绣美。』刘反复思，乃大惧曰：『然且奈何？』仆谋伺其来，操兵入共击之。至暮女至，谓刘曰：『知君见疑，然妾亦无他，不过了夙分耳。』言未已，仆排闼入。女呵之曰：『可弃兵！速具酒来，当与若主别。』仆便自投，若或夺焉。刘益恐，强设酒馔。女谈笑如常，举手向刘曰：『君心事，方将图效绵薄，何竟伏戎？妾虽非阿绣，颇自谓不亚，君视之犹昔否耶？』刘毛发俱竖，噤不语。女听漏三下，把盏一呷，起立曰：『我且去，待花烛后，再与新妇较优劣也。』转身遂杳。

刘信狐言，竟如盖。怨舅之诳己也，不舍其家；寓近姚氏，托媒自通，啖以重赂。姚妻乃言：『小郎为觅婿广宁，若翁以是故去，就否未可知。须旋日方可计校。』刘闻之，彷徨无以自主，惟坚守以伺其归。逾十余日，忽闻兵警，犹疑讹传；久之信益急，乃趣装行。中途遇乱，主仆相失，为侦者所掠。以刘文弱疏其防，盗马亡去。至海州界见一女子，蓬鬓垢耳，出履蹉跌，不可堪。刘驰过之，女遽呼曰：『马上人非刘郎乎？』刘停鞭审顾，则阿绣也。心仍讶其为狐，曰：『汝真阿绣耶？』女问：『何为出此言？』刘述所遇。女曰：『妾真阿绣也。父携妾自广宁归，遇兵被俘，授马屡堕。忽一女子握腕趣遁，荒窜军中，亦无诘者。女子健步若飞隼，苦不能从，百步而屦屡褪焉。久之，闻号嘶渐远，乃释手曰：「别矣！前皆坦途可缓行，爱汝者将至，宜与同归。」』刘知其狐，感之。因述其留盖之故。女言其叔为择婿于方氏，未委禽而乱始作。刘始知舅言非妄。携女马上，叠骑归。入门则老母无恙，大喜。系马入，俱道所以。母亦喜，为女盥濯，竟妆，容光焕发。母抚掌曰：『无怪痴儿魂梦不置也！』遂设裀褥，使从己宿。又遣人赴盖，寓书于姚。不数日姚夫妇俱至，卜吉成礼乃去。

刘出藏箧，封识俨然。有粉一函，启之，化为赤土。刘异之。女掩口曰：『数年之盗，今始发觉矣。尔日见郎任妾包裹，更不及审真伪，故以此相戏耳。』方嬉笑间，一人搴帘入曰：『快意如此，当谢蹇修否？』刘视之，又一阿绣也，急呼母。母及家人悉集，无有能辨识者。刘回眸亦迷，注目移时，始揖而谢之。女子索镜自照，赧然趋出，寻之已杳。夫妇感其义，为位于室而祀之。一夕刘醉归，室暗无人，方自挑灯，而阿绣至。刘挽问：『何之？』笑曰：『醉臭熏人，使人不耐！如此盘诘，谁作桑中逃耶？』刘笑捧其颊，女曰：『郎视妾与狐姊孰胜？』刘曰：『卿过之。然皮相者不辨也。』已而合

扉相狎。俄有叩门者，女起笑曰：『君亦皮相者也。』刘不解，趋启门，则阿绣入，大愕。始悟适与语者，狐也。暗中又闻笑声。夫妻望空而祷，祈求现像。狐曰：『我不愿见阿绣。』问：『何不另化一貌？』曰：『我不能。』问：『何故不能？』曰：『阿绣，吾妹也，前世不幸夭殂。生时，与余从母至天宫见西王母，心窃爱慕，归则刻意效之。妹较我慧，一月神似；我学三月而后成，然终不及妹。今已隔世。自谓过之，不意犹昔耳。我感汝两人诚，故时复一至，今去矣。』遂不复言。自此三五日辄一来，一切疑难悉决之。值阿绣归宁，来常数日住，家人皆惧避之。每有亡失，则华妆端坐，插玳瑁③簪长数寸，朝家人而庄语之：『所窃物，夜当送至某所；不然，头痛大作，悔无及！』天明，果于某所获之。三年后，绝不复来。偶失金帛，阿绣效其装吓家人，亦屡效焉。

注释

①海州：海州卫，今辽宁省海城县。

②触类凝想：触景生情，思念不已。《易·系辞》上：『引而伸之，触类而长之，天下之能事毕矣。』

③玳瑁：一种龟属动物，其甲壳可做装饰品。

小翠

王太常①，越人。总角时，昼卧榻上。忽阴晦，巨霆暴作，一物大于猫，来伏身下，展转不离。移时晴霁，物即径出。视之非猫，始怖，隔房呼兄。兄闻，喜曰：『弟必大贵，此狐来避雷霆劫也。』后果少年登进士，以县令入为侍御。

生一子名元丰，绝痴，十六岁不能知牝牡②，因而乡党无于为婚。王忧之。适有妇人率少女登门，自请为妇。视其女，嫣然展笑，真仙品也。喜问姓名。自言：『虞氏。女小翠，年二八矣。』与议聘金。曰：『是从我糠覈不得饱，一旦置身广厦，役婢仆，厌膏粱，彼意适，我愿慰矣，岂卖菜也而索直乎！』夫人大悦，优厚之。妇即命女拜王及夫人，嘱曰：『此尔翁姑，奉侍宜谨。我大忙，且去，三数日当复来。』王命仆马送之，妇言：『里巷不远，无烦多事。』遂出门去。

小翠殊不悲恋，便即奁中翻取花样。夫人亦爱乐之。数日妇不至，以居里问女，女亦憨然不能言其道路。遂治别院，使夫妇成礼。诸戚闻拾得贫家儿作新妇，共笑姗之；见女皆惊，群议始息。女又甚慧，能窥翁姑喜怒。王公夫妇，宠惜过于常情，然惕惕焉惟恐其憎子痴，而女殊欢笑不为嫌。第善谑，刺布作圆，蹋蹴为笑。着小皮靴，蹴去数十步，给公子奔拾之，公子及婢恒流汗相属。一日王偶过，圆訇然来直中面目。女与婢俱敛迹去，公子犹踊跃奔逐之。王怒，投之以石，始伏而啼。王以告夫人，夫人往责女，女俯首微笑，以手刓。既退，憨跳如故，以脂粉涂公子作花面如鬼。夫人见之怒甚，呼女诟骂。女倚几弄带，不惧，亦不言。夫人无奈之，因杖其子。元丰大号，女始色变，屈膝乞宥。夫人怒顿解，释杖去。女笑拉公子入室，代扑衣上尘，拭眼泪，摩挲杖痕，饵以枣栗。公子乃收涕以忻。女阖庭户，复装公子作霸王，作沙漠人；己乃艳服，束细腰，婆娑作帐下舞；或髻插雉尾，拨琵琶，丁丁缕缕然，喧笑一室，日以为常。王公以子痴，不忍过责妇，即微闻焉，亦若置之。

同巷有王给谏③者，相隔十余户，然素不相能；时值三年大计吏，忌公握河南道篆，思中伤之。公知其谋，忧虑无所为计。一夕早寝，女冠带饰冢宰状，剪素丝作浓髭，又以青衣饰两婢为虞候，窃

跨厩马而出，戏云：『将谒王先生。』驰至给谏之门，即又鞭挞从人，大言曰：『我谒侍御王，宁谒给谏王耶！』回辔而归。比至家门，门者误以为真，奔白王公。公急起承迎，方知为子妇之戏。怒甚，谓夫人曰：『人方蹈我之瑕，反以闺阁之丑登门而告之，余祸不远矣！』夫人怒，奔女室，诟让之。女惟憨笑，并不一置词。挞之不忍，出之则无家，夫妻懊怨，终夜不寝。时冢宰某公赫甚，其仪采服从，与女伪装无少殊别，王给谏亦误为真。屡侦公门，中夜而客未出，疑冢宰与公有阴谋。次日早朝，见而问曰：『夜相公至君家耶？』公疑其相讥，惭言唯唯，不甚响答。给谏愈疑，谋遂寝，由此益交欢公。公探知其情窃喜，而阴嘱夫人劝女改行，女笑应之。

逾岁，首相免，适有以私函致公者误投给谏。给谏大喜，先托善公者往假万金，公拒之。给谏自诣公所。公觅巾袍并不可得；给谏伺候久，怒公慢，愤将行。忽见公子衮衣旒冕，有女子自门内推之以出，大骇；已而笑抚之，脱其服冕而去。公急出，则客去远。闻其故，惊颜如土，大哭曰：『此祸水也！指日赤吾族矣！』与夫人操杖往。女已知之，阖扉任其诟厉。公怒，斧其门，女在内含笑而告之曰：『翁无烦怒。有新妇在，刀锯斧钺妇自受之，必不令贻害双亲。翁若此，是欲杀妇以灭口耶？』公乃止。给谏归，果抗疏揭王不轨，衮冕作据。上惊验之，其旒冕乃粱黠心所制，袍则败布黄袱也。上怒其诬。又召元丰至，见其憨状可掬，笑曰：『此可以作天子耶？』乃下之法司。给谏又讼公家有妖人，法司严诘臧获，并言无他，惟颠妇痴儿日事戏笑，邻里亦无异词。案乃定，以给谏充云南军。

王由是奇女。又以母久不至，意其非人，使夫人探诘之，女但笑不言。再复穷问，则掩口曰：『儿玉皇女，母不知耶？』无何，公擢京卿。五十余每患无孙。女居三年，夜夜与公子异寝，似未尝有所私。夫人舁榻去，嘱公子与妇同寝。过数日，公子告母曰：『借榻去，悍不还！小翠夜夜以足股加腹上，喘气不得；又惯掐人股里。』婢妪无不粲然。夫人呵拍令去。一日女浴于室，公子见之，欲与偕；女笑止之，谕使姑待。既去，乃更泻热汤于瓮，解其袍裤，与婢扶之入。公子觉蒸闷，大呼欲出。女不听，以衾蒙之。少时无声，启视已绝。女坦笑不惊，曳置床上，拭体干洁，加复被焉。夫人闻之，哭而入，骂曰：『狂婢何杀吾儿！』女嚬然曰：『如此痴儿，不如勿有。』夫人益恚，以首触女；婢辈争曳劝之。方纷噪间，一婢告曰：『公子呻矣！』辍涕抚之，则气息休休，而大汗浸淫，沾浃裀褥。食顷汗已，忽开目四顾遍视家人，似不相识，曰：『我今回忆往昔，都如梦寐，何也？』夫人以其言语不痴，大异之。携参其父，屡试之果不痴，大喜，如获异宝。至晚，还榻故处，更设衾枕以觇之。公子入室，尽遣婢去。早窥之，则榻虚设。自此痴颠皆不复作，而琴瑟静好如形影焉。

年余，公为给谏之党奏劾免官，小有罣误。旧有广西中丞所赠玉瓶，价累千金，将出以贿当路。女爱而把玩之，失手堕碎，惭而自投。公夫妇方以免官不快，闻之，怒，交口呵骂。女奋而出，谓公子曰：『我在汝家，所保全者不止一瓶，何遂不少存面目？实与君言：我非人也。以母遭雷霆之劫，深受而翁庇翼；又以我两人有五年夙分，故以我来报曩恩、了夙愿耳。身受唾骂、擢发不足以数，所以不即行者，五年之爱未盈。今何可以暂止乎！』盛气而出，追之已杳。公爽然自失，而悔无及矣。公子入室，睹其剩粉遗钩，恸哭欲死；寝食不甘，日就羸瘁。公大忧，急为胶续④以解之，而公子不乐。惟求良工画小翠像，日夜浇祷其下，几二年。

偶以故自他里归，明月已皎，村外有公家亭园，骑马墙外过，闻笑语声，停辔，使厩卒捉鞚，登鞍一望，则二女郎游戏其中。云月昏蒙，不甚可辨，但闻一翠衣者曰：『婢子当逐出门！』一红衣者曰：『汝在吾家园亭，反逐阿谁？』翠衣人曰：『婢子不羞！不能作妇，被人驱遣，犹冒认物产也？』红衣者曰：『索胜老大婢无主顾者！』听其音酷类小翠，疾呼之。翠衣人去曰：『姑不与若争，汝汉子来矣。』既而红衣人来，果小翠。喜极。女令登垣承接而下之，曰：『二年不见，骨瘦一把矣！』公子握手泣下，具道相思。女言：『妾亦知之，但无颜复见家人。今与大姊游戏，又相邂逅，足知前因不可逃也。』请与同归，不可；请止园中，许之。公子遣仆奔白夫人。夫人惊起，驾肩舆而往，启钥入亭。女即趋下迎拜；夫人捉臂流涕，力白前过，几不自容，曰：『若不少记榛梗，请偕归慰我迟暮。』女峻辞不可。夫人虑野亭荒寂，谋以多人服役。女曰：『我诸人悉不愿见，惟前两婢朝夕相从，不能无眷注耳；外惟一老仆应门，余都无所复须。』夫人悉如其言。托公子养疴园中，日供食用而已。

女每劝公子别婚，公子不从。后年余，女眉目音声渐与曩异，出像质之，迥若两人。大怪之。女曰：『视妾今日何如畴昔美？』公子曰：『二十余岁何得速老！』女笑而焚图，救之已烬。一日谓公子曰：『昔在家时，阿翁谓妾抵死不作茧，今亲老君孤，妾实不能产，恐误君宗嗣。请娶妇于家，旦晚侍奉公姑，君往来于两间，亦无所不便。』公子然之，纳币于锺太史之家。吉期将近，女为新人制衣履，赍送母所。及新人入门，则言貌举止，与小翠无毫发之异。大奇之。往至园亭，则女亦不知所在。问婢，婢出红巾曰：『娘子暂归宁，留此贻公子。』展巾，则结玉玦一枚，心知其不返，遂携婢俱归。虽顷刻不忘小翠，幸而对新人如觌旧好焉。始悟锺氏之姻，女预知之，故先化其貌，以慰他日之思云。

异史氏曰：一狐也，以无心之德，而犹思所报；而身受再造之福者，顾失声于破甑，何其鄙哉！

月缺重圆，从容而去，始知仙人之情亦更深于流俗也！

注释

①太常：官名。汉为九卿之一。后代因之，设太常寺，置卿和少卿各一人，掌管宫廷祭祀礼乐等事。

②牝牡：雌雄，指男女性别。鸟兽雌性叫『牝』，雄性叫『牡』。

③给谏：官名，给事中的别称。

④胶续：指续娶。旧时以琴瑟比喻夫妇，故俗称丧妻为断弦，再娶为续弦。《十洲记》谓凤麟洲中的仙人以凤喙麟角合煎做膏，称为『续弦胶』，可续弓弩的断弦。后来因称男子再娶为『胶续』。

细柳

细柳娘，中都[1]之士人女也。或以其腰嫖袅可爱，戏呼之『细柳』云。柳少慧，解文字，喜读相人书。而生平简默，未尝言人臧否；但有问名者，必求一亲窥其人。阅人甚多，俱未可，而年十九矣。父母怒之曰：『天下迄无良匹，汝将以丫角老耶？』女曰：『我实欲以人胜天，顾久而不就，亦吾命也。今而后，请惟父母之命是听。』

时有高生者，世家名士，闻细柳之名，委禽焉。既醮，夫妇甚得。生前室遗孤，小字长福，时五岁，女抚养周至。女或归宁，福辄号啼从之，呵遣所不能止。年余女产一子，名之长怙。生问名字之义，答言：『无他，但望其长依膝下耳。』女于女红疏略，常不留意；而于亩之东南[2]，税之多寡，按籍而问，惟恐不详。久之，谓生曰：『家中事请置勿顾，待妾自为之，不知可当家否？』生如言，半载而家无

废事，生亦贤之。一日，生赴邻村饮酒，适有追逋赋者，打门而谇。遣奴慰之，弗去。乃趣童召生归。隶既去，生笑曰：『细柳，今始知慧女不若痴男耶？』女闻之，俯首而哭。生惊挽而劝之，女终不乐。生不忍以家政累之，仍欲自任，女又不肯。晨兴夜寐，经纪弥勤。每先一年，即储来岁之赋，以故终岁未尝见催租者一至其门；又以此法计衣食，由此用度益纾。于是生乃大喜，尝戏之曰：『细柳何细哉：眉细、腰细、凌波细，且喜心思更细。』女对曰：『高郎诚高矣：品高、志高、文字高，但愿寿数尤高。』

村中有货美材者，女不惜重直致之。价不能足，又多方乞贷于戚里。生以其不急之物，固止之，卒弗听。蓄之年余，富室有丧者，以倍资赎诸其门。生因利而谋诸女，女不可。问其故，不语；再问之，荧荧欲涕。心异之，然不忍重拂焉，乃罢。又逾岁，生年二十有五，女禁不令远游，归稍晚，僮仆招请者，相属于道。于是同人咸戏谤之。一日生如友人饮，觉体不快而归，至中途堕马，遂卒。时方溽暑，幸衣衾皆所夙备。里中始共服细娘智。

福年十岁始学为文。父既殁，娇惰不肯读，辄亡去从牧儿遨。谯诃不改，继以夏楚[③]，而顽冥如故。母无奈之，因呼而谕之曰：『既不愿读，亦复何能相强？但贫家无冗人，便更若衣，使与僮仆共操作。不然，鞭挞勿悔！』于是衣以败絮，使牧豕；归则自掇陶器，与诸仆啖饭粥。数日，苦之，泣跪庭下，愿仍读。母返身向壁置不闻，不得已执鞭啜泣而出。残秋向尽，桁无衣，足无履，冷雨沾濡，缩头如丐。里人见而怜之，纳继室者皆引细娘为戒，啧有烦言。女亦稍稍闻之，而漠不为意。福不堪其苦，弃家逃去，女亦任之，殊不追问。积数月，乞食无所，憔悴自归，不敢遽入，哀求邻媪往白母。女曰：『若能受百杖可来见，不然，早复去。』福闻之，骤入，痛哭愿受杖。母问：『今知改悔乎？』曰：『悔矣。』

曰：『既知悔，无须挞楚，可安分牧豕，再犯不宥！』福大哭曰：『愿受百杖，请复读。』女不听。邻妪怂恿之，始纳焉。濯发授衣，令与弟怙同师。勤身锐虑，大异往昔，三年游泮。中丞杨公见其文而器之，月给常廪，以助灯火。

怙最钝，读数年不能记姓名。母令弃卷而农。怙游闲惮于作苦，母怒曰：『四民④各有本业，既不能读，又不能耕，宁不沟瘠死耶？』立杖之。由是率奴辈耕作，一朝晏起，则诟骂从之；而衣服饮食，母辄以美者归兄。怙虽不敢言，而心窃不能平。农工既毕，母出资使学负贩。怙淫赌，入手丧败，诡托盗贼运数，以欺其母。母觉之，杖责濒死。福长跪哀乞，愿以身代，怒始解。自是一出门，母辄探察之。怙行稍敛，而非其心之所得已也。一日请母，将从诸贾入洛；实借远游，以快所欲，而中心惕惕，惟恐不遂所请。母闻之，殊无疑虑，即出碎金三十两为之具装；末又以铤金一枚付之，曰：『此乃祖宦囊之遗，不可用去，聊以压装备急可耳。且汝初学跋涉，亦不敢望重息，只此三十金得无亏负足矣。』临又嘱之。怙诺而出，欣欣意自得。至洛，谢绝客侣，宿名娼李姬之家。凡十余夕散金渐尽，自以巨金在囊，初不意空匮在虑，及取而斫之，则伪金耳。大骇，失色。李媪见其状，冷语侵客。怙心不自安，然囊空无所向往，犹冀姬念夙好，不即绝之。俄有二人握索入，骤縶项领，惊惧不知所为。哀问其故，则姬已窃伪金去首公庭矣。至官不能置辞，梏掠几死。收狱中，又无资斧，大为狱吏所虐，乞食于囚，苟延余息。

初，怙之行也，母谓福曰：『记取廿日后，当遣汝之洛。我事烦，恐忽忘之。』福不知所谓，黯然欲悲，不敢复请而退。过二十日而问之，叹曰：『汝弟今日之浮荡，犹汝昔日之废学也。我不冒恶名，汝何以有今日？人皆谓我忍，但泪浮枕簟，而人不知耳！』因泣下。福侍立敬听，不敢研诘。泣已，乃曰：『汝弟荡心不死，故授之伪金以挫折之，今度已在缧绁中矣。中丞待汝厚，汝往求焉，可以脱其死难，而生其愧悔也。』福立刻而发。比入洛，则弟被逮三日矣。即狱中而望之，怙奄然面目如鬼，见兄涕不可仰。福亦哭。时福为中丞所宠异，故遐迩皆知其名。邑宰知为怙兄，急释之。

怙至家，犹恐母怒，膝行而前。母顾曰：『汝愿遂耶？』怙零涕不敢复作声，福亦同跪，母始叱之起。由是痛自悔，家中诸务，经理维勤；即偶惰，母亦不呵问之。凡数月，并不与言商贾，意欲自请而不敢，以意告兄。母闻而喜，并力质贷而付之，半载而息倍焉。是年福秋捷，又三年登第；弟货殖累巨万矣。邑有客洛者，窥见太夫人，年四旬犹若三十许人，而衣妆朴素，类常家云。

异史氏曰：黑心符出，芦花变生，古与今如一丘之貉，良可哀也！或有避其谤者，又每矫枉过正，至坐视儿女之放纵而不一置问，其视虐遇者几何哉？独是日挞所生，而人不以为暴；施之异腹儿，则指摘从之矣。夫细柳固非独忍于前子也；然使所出贤，亦何能出此心以自白于天下？而乃不引嫌，不辞谤，卒使二子一富一贵，表表于世。此无论闺闼，当亦丈夫之铮铮者矣！

注释

①中都：古邑名，在今河南沁阳县东北。此处指京城。

②亩之东南：指耕作之事。《诗·小雅·信南山》：『我疆我理，南东其亩。』亩，田垄。

③夏楚：鞭打。夏，楸木。楚，荆木。两者都是古代作为笞罚的刑具。

④四民：士、农、工、商。

局诈

某御史家人，偶立市间，有一人衣冠华好，近与攀谈。渐问主人姓字、官阀，家人并告之。其人自言：『王姓，贵主家之内使也。』语渐款洽，因曰：『宦途险恶，显者皆附贵戚之门，尊主人所托何人也？』答曰：『无之。』王曰：『此所谓惜小费而忘大祸者也。』家人曰：『何托而可？』王曰：『公主待人以礼，能覆翼人。某侍郎系仆阶进①。倘不惜千金贽，见公主当亦不难。』家人喜，问其居止。便指其门户曰：『日同巷不知耶？』家人归告侍御。侍御喜，即张盛筵，使家人往邀王。王欣然来。筵间道公主情性及起居琐事甚悉，且言：『非同巷之谊，即赐百金赏，不肯效牛马。』御史益佩戴之。临别订约，王曰：『公但备物，仆乘间言之，旦晚当有报命。』

越数日始至，骑骏马甚都，谓侍御曰：『可速治装行。公主事大烦，投谒者踵相接，自晨及夕，不得一间。今得一间，宜急往，误则相见无期矣。』侍御乃出兼金②重币，从之去。曲折十余里，始至公主第，下骑祗候。王先持贽入。久之，出，宣言：『公主召某御史。』即有数人接递传呼。侍御伛偻而入，见高堂上坐丽人，姿貌如仙，服饰炳耀；侍姬皆着锦绣，罗列成行。侍御伏谒尽礼，传命赐坐檐下，金碗进茗。主略致温旨，侍御肃而退。自内传赐缎靴、貂帽。

既归，深德王，持刺谒谢，则门阖无人，疑其侍主未复。三日三诣，终不复见。使人询诸贵主之门，则高扉扃锢。访之居人，并言：『此间曾无贵主。前有数人僦屋而居，今去已三日矣。』使反命，主仆丧气而已。

副将军某，负资入都，将图握篆，苦无阶。一日有裘马者③谒之，自言：『内兄为天子近侍。』茶已，请间④云：『目下有某处将军缺，倘不吝重金，仆嘱内兄游扬圣主之前，此任可致，大力者不能夺也。』某疑其妄。其人曰：『此无须踟蹰。某不过欲抽小数于内兄，于将军锱铢无所望。言定如干数，署券为信。待召见后方求实给，不效则汝金尚在，谁从怀中而攫之耶？』某乃喜，诺之。

次日复来引某去，见其内兄云：『姓田。』煊赫如侯家。某参谒，殊傲睨不甚为礼。其人持券向某曰：『适与内兄议，率非万金不可，请即署尾。』某从之。田曰：『人心叵测，事后虑有反复。』其人笑曰：『兄虑之过矣。既能予之，宁不能夺之耶？且朝中将相，有愿纳交而不可得者。将军前程方远，应不丧心⑤至此。』某亦力矢而去。其人送之，曰：『三日即复公命。』

逾两日，日方西，数人吼奔而入，曰：『圣上坐待矣！』某惊甚，疾趋入朝。见天子坐殿上，爪牙森立。某拜舞已。上命赐坐，慰问殷勤，顾左右曰：『闻某武烈非常，今见之，真将军才也！』因曰：『某处险要地，今以委卿，勿负朕意，侯封有日耳。』某拜恩出。即有前日裘马者从至客邸，依券兑付而去。于是高枕待绶，日夸荣于亲友。过数日探访之，则前缺已有人矣。大怒，忿争于兵部之堂，曰：『某承帝简，何得授之他人？』司马怪之。及述宠遇，半如梦境。司马怒，执下廷尉。始供其引见者之姓名，则朝中并无此人。又耗万金，始得革职而去。

异哉！武弁虽啖，岂朝门亦可假耶？疑其中有幻术存焉，所谓『大盗不操矛弧』者也。

嘉祥李生，善琴。偶适东郊，见工人掘土得古琴，遂以贱直得之。拭之有异光，安弦而操，清烈非常。喜极，若获拱璧，贮以锦囊，藏之密室，虽至戚不以示也。

邑丞程氏新莅任，投刺谒李。李故寡交游，以其先施故，报之。过数日又招饮，固请乃往。程为人风雅绝伦，议论潇洒，李悦焉。越日折柬酬之，欢笑益洽。从此月夕花晨，未尝不相共也。年余，偶于丞廨中，见绣囊裹琴置几上，李便展玩。程问：『亦谙此否？』李曰：『生平最好。』程讶曰：『知交非一日，绝技胡不一闻？』拨炉爇沉香，请为小奏。李敬如教。程曰：『大高手！愿献薄技，勿笑小巫⑥也。』遂鼓《御风曲》⑦，其声泠泠，有绝世出尘之意。李更倾倒，愿师事之。自此二人以琴交，情分益笃。

年余，尽传其技。然程每诣李，李以常琴供之，未肯泄所藏也。一夕薄醉，丞曰：『某新肄一曲，亦愿闻之乎？』为奏《湘妃》，幽怨若泣。李亟赞之。丞曰：『所恨无良琴；若得良琴，音调益胜。』李欣然曰：『仆蓄一琴，颇异凡品。今遇锺期⑧，何敢终密？』乃启椟负囊而出。程以袍袂拂尘，凭几再鼓，刚柔应节，工妙入神。李击节不置。丞曰：『区区拙技，负此良琴。若得荆人一奏，当有一两声可听者。』李惊曰：『公闺中亦精之耶？』丞笑曰：『适此操乃传自细君者。』李曰：『恨在闺阁，小生不得闻耳。』丞曰：『我辈通家，原不以形迹相限。明日请携琴去，当使隔帘为君奏之。』李悦。

次日抱琴而往。丞即治具欢饮。少间将琴入，旋出即坐。俄见帘内隐隐有丽妆，顷之，香流户外。又少时弦声细作，听之，不知何曲；但觉荡心媚骨，令人魂魄飞越。曲终便来窥帘，竟二十余绝代之姝也。丞以巨白劝釂，内复改弦为《闲情》之赋，李形神益惑。倾饮过醉，离席兴辞，索琴。丞曰：『醉后防有磋跌。明日复临，当令闺人尽其所长。』李归。次日诣之，则廨舍寂然，惟一老隶应门。问之，云：『五更携眷去，不知何作，言往复可三日耳。』如《列子·汤问》：伯牙鼓琴，志在高山，锺子期曰：『峨峨兮若泰山。』志在流水，曰：『洋洋兮若江河。』子期死，伯牙绝弦，以无知音者。期往伺之，日暮，并无音耗。吏皂皆疑，白令破扃而窥其室，室尽空，惟几榻犹存耳。达之上台，并不测其何故。

李丧琴，寝食俱废。不远数千里访诸其家。程故楚产，三年前，捐资受嘉祥。执其姓名，询其居里，楚中并无其人。或云：『有程道士者善鼓琴，又传其有点金术⑨。三年前，忽去不复见。』疑即其人。又细审其年甲、容貌，吻合不谬。乃知道士之纳官皆为琴也。知交年余，并不言及音律；渐而出琴，渐而献技，又渐而惑以佳丽；浸渍三年，得琴而去。道士之癖，更甚于李生也。天下之骗机多端，若道士，骗中之风雅者矣。

注释

①阶进：当台阶使之进，即提供使其得到进见。

②兼金：价格远高于寻常金子的精金，即好金。《孟子·公孙丑》：『王馈兼金一百。』

③裘马者：衣饰、坐骑华贵的人。《论语·公冶长》：『子路曰：愿车马，衣轻裘，与朋友共，敝之而无憾。』

④请间：请求私下交谈。间，间语，私语。

⑤丧心：心理不正常。《左传·昭公二十五年》：『哀乐而乐哀，皆丧心也。』

⑥勿笑小巫：意谓你这样的高手不要嘲笑我低劣的技艺。小巫，相对大巫而言。巫，巫师。《太平御览》：『小巫见大巫，拔茅而弃，此所以终身弗如也。』

⑦《御风曲》：杜撰的乐曲。御风，乘风而行。《庄子·列御寇》：『夫列子御风而行，泠然善也。』

⑧今遇钟期：意谓现在遇到知音。钟期，即钟子期，春秋时楚国人，精通音律，与善琴者伯牙相知相惜。《列子·汤问》：『伯牙鼓琴，志在高山，钟子期曰：「峨峨兮若泰山。」志在流水，曰：「洋洋兮若江河。」子期死，伯牙绝弦，以无知音者。』

⑨点金术：古代方士之流所说的点石成金的方术。

钟生

钟庆余，辽东名士，应济南乡试。闻藩邸有道士知人休咎，心向往之。二场后至趵突泉，适相值。年六十余，须长过胸，一皤然道人也。集问灾祥者如堵，道士悉以微词授之。于众中见生，忻然握手，曰：『君心术德行，可敬也！』挽登阁上，屏人语，因问：『莫欲知将来否？』曰：『然。』曰：『子福命至薄，然今科乡举可望。但荣归后，恐不复见尊堂矣。』生至孝，闻之泣下，遂欲不试而归。道士曰：『若过此已往，一榜亦不可得矣。』生云：『母死不见，且不可复为人，贵为卿相何加焉？』道士曰：『某夙世与君有缘，今日必合尽力。』乃以一丸授之曰：『可遣人夙夜将去，服之可延七日。场毕而行，母子犹及见也。』生藏之，匆匆而出，神志丧失。因计终天有期，早归一日，则多得一日之奉养，携仆贳驴，即刻东迈。驱里许，驴忽返奔，下之不驯，控之则蹶。生无计，躁汗如雨。仆劝止之，生不听。又贳他驴，亦如之。日已衔山，莫知为计。仆又劝曰：『明日即完场矣，何争此一朝夕乎？请即先主而行，计亦良得。』不得已，从之。次日草草竣事，立时遂发，不遑啜息，星驰而归。则母病绵惙，下丹药，渐就痊可。入视之，就榻泫泣。母摇首止之，执手喜曰：『适梦之阴司，见王者颜色和霁。谓稽尔生平，无大罪恶；今念汝子纯孝，赐寿一纪。』生亦喜。历数日，果平健如故。

未几闻捷，辞母如济。因赂内监，致意道士。道士欣然出，生便伏谒。道士曰：『君既高捷，太夫人又增寿数，此皆盛德所致。道人何力焉！』生又讶其先知，因而拜问终身。道士云：『君无大贵，但得耄耋[①]足矣。君前身与我为僧侣，以石投犬，误毙一蛙，今已投生为驴。论前定数，君当横折[②]；今孝德感神，已有解星入命，固当无恙。但夫人前世为妇不贞，数应少寡。今君以德延寿，非其所偶，恐岁后瑶台倾[③]也。』生恻然良久，问继室所在。曰：『在中州[④]，今十四岁矣。』临别嘱曰：『倘遇危急，宜奔东南。』

后年余，妻病果死。钟舅令于西江，母遣往省，以便途过中州，将应继室之谶。偶适一村。值临河优戏，士女甚杂。方欲整辔趋过，有一失勒牡驴，随之而行，致骡蹄趹。生回首以鞭击驴耳，驴惊大奔。时有王世子方六七岁，乳媪抱坐堤上；驴冲过，扈从皆不及防，挤堕河中。众大哗，欲执之。生纵骡绝驰[⑤]，顿忆道士言，极力趋东南。

约三十余里，入一山村，有叟在门，下骑揖之。叟邀入，自言『方姓』，便诘所来。生叩伏在地，具以情告，叟言：『不妨。请即寄居此间，当使徼者去。』至晚得耗，始知为世子，叟大骇曰：『他家可以为力。此真爱莫能助矣！』生哀不已。叟筹思曰：『不可为也。请过一宵，听其缓急，倘可再谋。』生愁怖，终夜不枕。次日侦听，则已行牒讥察，收藏者弃市。叟有难色，无言而入。生疑惧，无以自安。

中夜叟来，入坐便问：『夫人年几何矣？』生以鳏对。叟喜曰：『吾谋济矣。』问之，答云：『余姊夫慕道，挂锡南山；姊又谢世。遗有孤女，从仆鞠养，亦颇慧。以奉箕帚如何？』生喜符道士之言，而又冀亲戚密迩，可以得其周谋，曰：『小生诚幸矣。但远方罪人，深恐贻累丈人。』叟曰：『此为君谋也。姊夫道术颇神，但久不与人事矣。合卺后，自与甥女筹之，必合有计。』生喜极，赘焉。

女十六岁，艳绝无双。生母对之欷歔。女云：『妾即陋，何遂遽见嫌恶？』生谢曰：『娘子仙人，相偶为幸。但有祸患，恐致乖违。』因以实告。女怨曰：『舅乃非人！此弥天之祸，不可为谋，乃不明言，而陷我于坎窞！』生长跪曰：『是小生以死命哀舅，舅慈悲而穷于术，知卿能生死人而肉白骨⑥也。某诚不足称好逑，然家门幸不辱寞。倘得再生，香花供养有日耳。』女叹曰：『事已至此，夫复何辞？然父自削发招提⑦，儿女之爱已绝。无已同往哀之，恐担挫辱不浅也。』乃一夜不寐，以毡绵厚作蔽膝，各以隐着衣底。然后唤肩舆，入南山十余里。山径拗折绝险，不复可乘。下舆，女跬步甚艰，生挽臂拽扶之，竭蹶始得上达。不远，即见山门，共坐少憩。女喘汗淫淫，粉黛交下。生见之，情不可忍，曰：『为某事，遂使卿罹此苦！』女愀然曰：『恐此尚未是苦！』困少苏，相将入兰若，礼佛而进。曲折入禅堂，见老僧趺坐，目若瞑，一僮执拂侍之。方丈中，扫除光洁；而坐前悉布沙砾，密如星宿。女不敢择，入跪其上；生亦从诸其后。僧开目一瞻，即复合去。女参曰：『久不定省⑧，今女已嫁，故偕婿来。』僧久之，启视曰：『妮子大累人！』即不复言。夫妻跪良久，筋力俱殆，沙石将压入骨，痛不可支。又移时，乃言曰：『将骡来未？』女答曰：『未。』曰：『夫妻即去，可速将来。』二人拜而起，狼狈而行。

既归，如命，不解其意，但伏听之。过数日，相传罪人已得，伏诛讫。夫妻相庆。无何，山中遣僮来，以断杖付生云：『代死者，此君也。』便嘱瘗葬致祭，以解竹木之冤。生视之，断处有血痕焉。乃祝而葬之。夫妻不敢久居，星夜归辽阳。

注释

①耄耋：高寿。《礼记·曲礼》上：『八十、九十曰耄。』耋，老。

②横折：因为意外而过早地死去。横，意外。折，夭折。

③瑶台倾：意谓妻子去世。刘禹锡《伤往赋》：『宝瑟僵兮弦柱绝，瑶台倾兮镜奁空。』瑶台，用美玉所砌成的高台。

④中州：古时中国共为九州，豫州在中间，故称中州。其辖境在今河南，因此河南亦称中州。

⑤绝驰：飞驰，疾驰。绝，绝尘。

⑥生死人而肉白骨：意谓使人起死回生。《左传·襄公二十二年》：『吾见申叔夫子，所谓生死而肉骨也。』

⑦削发招提：指出家为僧。招提，梵语『拓斗提奢』的省称。北魏太武帝建寺院，并取名为招提，故招提成为寺院的别称。杜甫《游龙门奉先寺》：『已从招提游，更宿招提境。』

⑧定省：昏定晨省，即问安探视。

梦狼

白翁，直隶人。长子甲筮仕南服[①]，三年无耗。适有瓜葛丁姓造谒，翁款之。丁素走无常。谈次，翁辄问以冥事，丁对语涉幻；翁不深信，但微哂之。

别后数日，翁方卧，见丁又来，邀与同游。从之去，入一城阙，移时，丁指一门曰：『此间君家甥也。』时翁有姊子为晋令，讶曰：『乌在此？』丁曰：『倘不信，入便知之。』翁入，果见甥，蝉冠豸绣[②]坐堂上，戟幢行列，无人可通。丁曳之出，曰：『公子衙署，去此不远，亦愿见之否？』翁诺。少间至一第，丁曰：『入之。』窥其门，见一巨狼当道，大惧不敢进。丁又曰：『入之。』又入一门，见堂上、堂下，坐者、卧者，皆狼也。又视墀中，白骨如山，益惧。丁乃以身翼翁而进。公子甲方自内出，见父及丁良喜。少坐，唤侍者治肴蔌。忽一巨狼，衔死人入。翁战惕而起，曰：『此胡为者？』甲曰：『聊充庖厨。』翁急止之。心怔忡不宁，辞欲出，而群狼阻道。进退方无所主，忽见诸狼纷然嗥避，或窜床下，或伏几底。错愕不解其故，俄有两金甲猛士努目入，出黑索索甲。甲扑地化为虎，牙齿巉巉，一人出利剑，欲枭其首。一人曰：『且勿，且勿，此明年四月间事，不如姑敲齿去。』乃出巨锤锤齿，齿零落堕地。虎大吼，声震山岳。翁大惧，忽醒，乃知其梦。心异之，遣人招丁，丁辞不至。翁志其梦，使次子诣甲，函戒哀切。既至，见兄门齿尽脱；骇而问之，醉中坠马所折，考其时则父梦之日也。益骇。出父书。甲读之变色，间曰：『此幻梦之适符耳，何足怪。』时方赂当路者，得首荐[③]，故不以妖梦为意。弟居数日，见其蠹役满堂，纳贿关说者中夜不绝，流涕谏止之。甲曰：『弟日居衡茅，故不知仕途之关窍耳。黜陟[④]之权，在上台不在百姓。上台喜，便是好官；爱百姓，何术能令上台喜也？』弟知不

可劝止，遂归告父，翁闻之大哭。无可如何，惟捐家济贫，日祷于神，但求逆子之报，不累妻孥。

次年，报甲以荐举作吏部，贺者盈门；翁惟欷歔，伏枕托疾不出。未几，闻子归途遇寇，主仆殒命。翁乃起，谓人曰：『鬼神之怒，止及其身，祐我家者不可谓不厚也。』因焚香而报谢之。慰藉翁者，咸以为道路讹传，惟翁则深信不疑，刻日为之营兆。而甲固未死。先是四月间，甲解任，甫离境，即遭寇，甲倾装以献之。诸寇曰：『我等来，为一邑之民泄冤愤耳，宁专为此哉！』遂决其首。又问家人：『有司大成者谁是？』司故甲之腹心，助纣为虐者。家人共指之，贼亦杀之。更有蠹役四人，甲聚敛臣也，将携入都。——并搜决讫，始分资入囊，骛驰而去。

甲魂伏道旁，见一宰官过，问：『杀者何人？』前驱者曰：『某县白知县也。』宰官曰：『此白某之子，不宜使老后见此凶惨，宜续其头。』即有一人掇头置腔上，曰：『邪人不宜使正，以肩承领可也。』遂去。移时复苏。妻子往收其尸，见有余息，载之以行；从容灌之，亦受饮。但寄旅邸，贫不能归。半年许，翁始得确耗，遣次子致之而归。甲虽复生，而目能自顾其背，不复齿人数矣。翁姊子有政声，是年行取⑤为御史，悉符所梦。

异史氏曰：窃叹天下之官虎而吏狼者，比比也。即官不为虎，而吏且将为狼，况有猛于虎者耶！夫人患不能自顾其后耳；苏而使之自顾，鬼神之教微矣哉！

邹平李进士匡九，居官颇廉明。常有富民为人罗织，门役吓之曰：『官索汝二百金，宜速办；不然，败矣！』富民惧，诺备半数。役摇手不可，富民苦哀之，役曰：『我无不极力，但恐不允耳。待听鞫时，汝目睹我为若白之，其允与否，亦可明我意之无他也。』少间，公按是事。役知李戒烟，近问：

『饮烟否？』李摇其首。役即趋下曰：『适言其数，官摇首不许，汝见之耶？』富民信之，惧，许如数。役知李嗜茶，近问：『饮茶否？』李颔之。役托烹茶，趋下曰：『谐矣！适首肯，汝见之耶？』既而审结，富民果获免，役即收其苞苴⑥，且索谢金⑦。呜呼！官自以为廉，而骂其贪者载道焉。此又纵狼而不自知者矣。世之如此类者更多，可为居官者备一鉴也。舟中见怪之夜也。鹳从其后，若将送之。巢既倾，两雏俱堕，一生一死。僧取生者置钟楼上。少顷鹳返，仍就哺之，翼成而去。

异史氏曰：次年复至，盖不料其祸之复也；三年而巢不移，则报仇之计已决；三日不返，其去作秦庭之哭，可知矣。大鸟必羽族之剑仙也，飙然而来，一击而去，妙手空空儿何以加此？

济南有营卒，见鹳鸟过，射之，应弦而落。喙中衔鱼，将哺子也。或劝拔矢放之，卒不听。少顷带矢飞去。后往来郭间两年余，贯矢如故。一日卒坐辕门下，鹳过，矢坠地。卒拾视曰：『矢固无恙耶？』耳适痒，因以矢搔耳。忽大风催门，门骤阖，触矢贯脑而死。

注释

①筮仕南服：到南方为官。《左传·闵公元年》：『初，毕万筮仕于晋。』筮，用蓍草占卜。古人出外做官，先占吉凶；后因称出仕为官为『筮仕』。南服，古时按离京城的距离远近，将国家分为五等地带，称为五服，故称南方为南服。

②蝉冠豸绣：此处指身穿官服。蝉冠，古时高官所戴的以貂尾蝉纹做装饰的帽子。豸绣，绣有獬豸的官服。《晋书·舆服志》：『或说獬豸，神羊，能触邪佞。』官服上的獬豸图案象征着大公无私，是御史和其他司法官员的服饰。

③得首荐：得到优先荐举擢升的资格。荐，荐举，指保举调京考选。明清年间每三年考察外官政绩，其优异者可擢升新职。

④黜陟：指官吏的任免。陟，擢升。

⑤行取：明代规定，每三年州县地方官员经上级保举，可以被调往京城，通过考核，补授科道或部属官职，称为『行取』。

⑥苞苴：此处指行贿的财物。《荀子·大略》：『苞苴行与？谗夫兴与！』

⑦谢金：表示感谢的小费。

嫦娥

太原宗子美，从父游学[1]，流寓广陵[2]。父与红桥[3]下林妪有素。一日父子过红桥，遇之，固请过诸其家，瀹茗共话。有女在旁，殊色也。翁亟赞之，妪顾宗曰：『大郎温婉如处子，福相也。若不鄙弃，便奉箕帚，如何？』翁笑，促子离席，使拜媪曰：『一言千金矣！』先是妪独居，女忽自至，告诉孤苦。问其小字，则名嫦娥。妪爱而留之，实将奇货居之也。

时宗年十四，睨女窃喜，意翁必媒定之，而翁归若忘，心灼热，隐以白母。翁笑曰：『曩与贪婆子戏耳。彼不知将卖黄金几何矣，此何可易言！』逾年翁媪并卒。子美不能忘情嫦娥，服将阕，托人示意林妪。妪初不承，宗忿曰：『我生平不轻折腰，何媪视之不值一钱？若负前盟，须见还也！』妪乃云：『曩或与而翁戏约，容有之。但无成言，遂都忘却。今既云云，我岂留嫁天王耶？要日日装束，

实望易千金，今请半焉可乎？』宗自度难办，亦遂置之。

适有寡媪僦居西邻，有女及笄，小名颠当。偶窥之，雅丽不减嫦娥。向慕之，每以馈遗阶进；久而渐熟，往往送情以目，而欲语无间。一夕逾垣乞火，宗喜挽之，遂相燕好。约为嫁娶，辞以兄负贩未归。由此蹈隙往来，形迹周密。

一日偶经红桥，见嫦娥适在门内，疾趋过之。嫦娥望见，招之以手，宗驻足；女又招之，遂入。女以背约让宗，宗述其故。女入室，取黄金一铤付之，宗不受，辞曰：『自分水与卿绝，遂他有所约。受金而为卿谋，是负人也；受金而不为卿谋，是负卿也。诚不敢有所负。』女良久曰：『君所约，妾颇知之。其事必无成；即成之，妾不怨君之负心也。其速行，媪将至矣。』宗仓卒无以自主，受之而归。隔夜告之颠当，颠当深然其言，但劝宗专心嫦娥。宗不语。愿下之，而宗乃悦。即遣媒纳金林妪，妪无辞，以嫦娥归宗。入门后，悉述颠当言，嫦娥微笑，阳怂恿之。宗喜，急欲一白颠当，而颠当迹久绝。嫦娥知其为己，因暂归宁，故予之间，嘱宗窃其佩囊。已而颠当果至，与商所谋，但言勿急。及解衿狎笑，胁下有紫荷囊，将便摘取。颠当变色起曰：『君与人一心，而与妾二！负心郎！请从此绝。』宗曲意挽解，不听竟去。一日过其门探察之，已另有吴客僦居其中，颠当子母迁去已久，影灭迹绝，莫可问讯。

宗自娶嫦娥，家暴富，连阁长廊，弥亘街路。嫦娥善谐谑，适见美人画卷，宗曰：『吾自谓如卿天下无两，但不曾见飞燕、杨妃耳。』女笑曰：『若欲见之，此亦何难。』乃执卷细审一过，便趋入室，对镜修妆，效飞燕舞风，又学杨妃带醉。长短肥瘦，随时变更；风情态度，对卷逼真。方作态时，有婢自外至，不复能识，惊问其僚；复向审注，恍然始笑。宗喜曰：『吾得一美人，而千古之美人，皆在床闼矣！』

一夜方熟寝，数人撬扉而入，火光射壁。女急起，惊言：『盗入！』宗初醒，即欲鸣呼。一人以白刃加颈，惧不敢喘。又一人掠嫦娥负背上，哄然而去。宗始号，家役毕集，室中珍玩，无少亡者，宗大悲，罗然失图，无复情地。告官追捕，殊无音息。

荏苒三四年，郁郁无聊，因假赴试入都。居半载，占验询察，无计不施。偶过姚巷，值一女子，垢面敝衣，罗傫如丐。停趾相之，乃颠当也。骇曰：『卿何憔悴至此？』答云：『别后南迁，老母即世，为恶人掠卖旗下，挞辱冻馁，所不忍言。』宗泣下，问：『可赎否？』曰：『难矣。耗费烦多，不能为力。』宗曰：『实告卿：年来颇称小有，惜客中资斧有限，倾装货马，所不敢辞。如所需过奢，当归家营办之。』女约明日出西城，相会丛柳下，嘱独往，勿以人从。宗曰：『诺。』次日早往，则女先在，袿衣④鲜明，大非前状。惊问之，笑曰：『曩试君心耳，幸绨袍之意犹存。请至敝庐，宜必得当以报。』北行数武，即至其家，遂出肴酒，相与谈宴。宗约与俱归，女曰：『妾多俗累，不能从。嫦娥消息，固颇闻之。』宗急询其何所，女曰：『其行踪缥缈，妾亦不能深悉。西山有老尼，一目眇，问之当自知。』遂止宿其家。

天明示以径。宗至其处，有古寺周垣尽颓，丛竹内有茅屋半间，老尼缀衲其中。见客至，漫不为礼。宗揖之，尼始举头致问。因告姓氏，即白所求。尼曰：『八十老瞽，与世睽绝，何处知佳人消息？』宗固求之。乃曰：『我实不知。有二三戚属，来夕相过，或小女子辈识之，未可知。汝明夕可来。』宗乃出。次日再至，则尼他出，败扉扃焉。伺之既久，更漏已催，明月高揭，徘徊无计，遥见二三女郎自外入，则嫦娥在焉。宗喜极，突起，急揽其祛。嫦娥曰：『莽郎君！吓煞妾矣！可恨颠当饶舌，乃教情欲缠人。』宗曳坐，执手款曲，历诉艰难，不觉恻楚。女曰：『实相告：妾实姮娥被谪，浮沉俗间，其限已满；托为寇劫，所以绝君望耳。尼亦王母守府者，妾初谴时，蒙其收恤，故暇时常一临存。君如释妾，当为代致颠当。』宗不听，垂首陨涕。女遥顾曰：『姊妹辈来矣。』宗方四顾，而嫦娥已杳。宗大哭失声，不欲复活，因解带自缢。恍惚觉魂已出舍，伥伥靡适。俄见嫦娥来，捉而提之，足离于地；入寺，取树上尸推挤之，唤曰：『痴郎，痴郎！嫦娥在此。』忽若梦醒。少定，女恚曰：『颠当贱婢！害妾而杀郎君，我不能恕之也！』下山赁舆而归。既命家人治装，乃返身而出西城，诣谢颠当，至则舍宇全非，愕叹而返。窃幸嫦娥不知入门，嫦娥迎笑曰：『君见颠当耶？』宗愕然不能答。女曰：『君背嫦娥，乌得颠当？请坐待之，当自至。』未几颠当果至，仓皇伏榻下。嫦娥叠指弹之，曰：『小鬼头陷人不浅！』颠当叩头，但求赊死。嫦娥曰：『推人坑中，而欲脱身天外耶？广寒十一姑不日下嫁，须绣枕百幅、履百双，可从我去，相共操作。』颠当恭白：『但求分工，按时赍送。』女不许，谓宗曰：『君若缓颊，即便放却。』颠当目宗，宗笑不语，颠当目怒之。乃乞还告家人，许之，遂去。宗问其生平，乃知其西山狐也。买舆待之。

次日果来，遂俱归。然嫦娥重来，恒持重不轻谐笑。宗强使狎戏，惟密教颠当为之。颠当慧绝，工媚。嫦娥乐独宿，每辞不当夕。一夜漏三下，犹闻颠当房中，吃吃不绝。使婢窃听之，婢还，不以告，但请夫人自往。伏窗窥之，则见颠当凝妆作己状，宗拥抱，呼以嫦娥。女哂而退。未几，颠当心

暴痛，急披衣，曳宗诣嫦娥所，入门便伏。嫦娥曰：『我岂医巫厌胜⑤者？汝欲自捧心效西子耳。』颠当顿首，但言知罪。女曰：『愈矣。』遂起，失笑而去。颠当私谓宗：『吾能使娘子学观音⑥。』宗不信，因戏相赌。嫦娥每趺坐，眸含若瞑。颠当悄以玉瓶插柳置几上；自乃垂发合掌，侍立其侧，樱唇半启，瓠犀⑦微露，睛不少瞬。宗笑之。嫦娥开目问之，颠当曰：『我学龙女⑧侍观音耳。』嫦娥笑骂之，罚使学童子拜。颠当束发，遂四面朝参之，伏地翻转，逞诸变态，左右侧折，袜能磨乎其耳。嫦娥解颐，坐而蹴之。颠当仰首，口衔凤钩⑨，微触以齿。嫦娥方嬉笑间，忽觉媚情一缕，自足趾而上直达心舍，意荡思淫，若不自主。乃急敛神，呵曰：『狐奴当死！不择人而惑之耶？』颠当惧，释口投地。嫦娥又厉责之，众不解。嫦娥谓宗曰：『颠当狐性不改，适间几为所愚。若非夙根深者，堕落何难！』自是见颠当，每严御之。颠当惭惧，告宗曰：『妾于娘子一肢一体，无不亲爱，爱之极，不觉媚之甚。谓妾有异心，不惟不敢，亦不忍。』宗因以告嫦娥，嫦娥遇之如初。然以狎戏无节，数戒宗，宗不听；因而大小婢妇，竞相狎戏。一日，二人扶一婢效作杨妃。二人以目会意，赚婢懈骨作酣态，两手遽释，婢暴颠墀下，声如倾堵。众方大哗；近抚之，而妃子已作马嵬薨矣。众大惧，急白主人。嫦娥惊曰：『祸作矣！我言如何哉！』往验之，不可救。使人告其父。父某甲，素无行，号奔而至，负尸入厅事，叫骂万端。宗闭户惴恐，莫知所措。嫦娥自出责之，曰：『主郎虐婢至死，律无偿法；且邂逅暴殂，焉知其不再苏？』甲噪言：『四支已冰，焉有生理！』嫦娥曰：『勿哗。纵不活，自有官在。』乃入厅事抚尸，而婢已苏，抚之随手而起。嫦娥返身怒曰：『婢幸不死，贼奴何得无状！可以草索縶送官府！』甲无词，长跪哀免。嫦娥曰：『汝既知罪，姑免究处。但小人无赖，反复何常，留汝女终为祸胎，宜

即将去。原价如干数，当速措置来。』遣人押出，俾浼二三村老，券证署尾。已，乃唤婢至前，使甲自问之：『无恙乎？』答曰：『无恙。』乃付之去。已，遂召诸婢，数责遍扑。又呼颠当，为之厉禁。谓宗曰：『今而知为人上者，一笑颦亦不可轻。谑端开之自妾，而流弊遂不可止。凡哀者属阴，乐者属阳；阳极阴生，此循环之定数⑩。婢子之祸，是鬼神告之以渐也。荒迷不悟，则倾覆及之矣。』宗敬听之。颠当泣求拔脱。嫦娥乃掐其耳，逾刻释手，颠当怃然为间，忽若梦醒，据地自投，欢喜欲舞。由此闺阁清肃，无敢哗者。婢至其家，无疾暴死。甲以赎金莫偿，渔村老代求怜恕，许之；又以服役之情，施以材木而去。宗常患无子。嫦娥腹中忽闻儿啼，遂以刃破左胁出之，果男；无何，复有身，又破右胁而出一女。男酷类父，女酷类母，皆论昏于世家。

异史氏曰：阳极阴生，至言哉！然室有仙人，幸能极我之乐，消我之灾，长我之生，而不我之死。是乡乐，老焉可矣，而仙人顾忧之耶？天运循环之数，理固宜然；而世之长困而不亨者，又何以为解哉？昔宋人有求仙不得者，每曰：『作一日仙人，而死亦无憾。』我不复能笑之也。

注释

①游学：到外地求学，《史记·陈丞相世家》：『伯常耕田，纵平使游学。』

②广陵：府名，明清为扬州府。在今江苏省扬州市。

③红桥：桥名，为扬州八胜之一。吴绮《扬州鼓吹词序·红桥》：『在城西北二里，朱栏数丈，远通两岸，虽彩虹卧波，丹蛟截水，不足以喻。』

④袿衣：妇女上衣。此处指袍服。

⑤医巫厌胜者：治病驱邪之人。巫，巫师，借鬼神之名为人驱除祸患。厌胜，古时民间盛行的一种巫术，用诅咒或其他法术来镇服他人。

⑥观音：观世音菩萨，亦称观自在菩萨。唐人为避唐太宗（李世民）讳，故称观音。观世音菩萨本为男性，唐宋之后讹传为女性，又变为妙庄玉女。

⑦瓠犀：喻指漂亮整洁的牙齿。

⑧龙女：神话传说中龙王的女儿。据《法华经·提婆达多品》载，婆竭罗龙王的女儿，年仅八岁就领悟佛法，有成佛之相。

⑨凤钩：对嫦娥的脚的美称。钩，形容其足很小且弓弯如钩。

⑩『凡哀者』四句：通过阴阳相生相克的学说，来说明乐极生悲的道理。阴、阳，是古代解释万物化生的哲学概念。《易·系辞》上：『阴阳不测之谓神。』

褚生

顺天陈孝廉，十六七岁时，尝从塾师读于僧寺，徒侣綦繁。内有褚生，自言山东人，攻苦讲求，略不暇息；且寄宿斋中，未尝一见其归。陈与最善，因诘之，答曰：『仆家贫，办束金[1]不易，即不能惜寸阴[2]，而加以夜半，则我之二日，可当人三日。』陈感其言，欲携榻来与共寝。褚止之曰：『且勿，且勿！我视先生，学非吾师也。阜城门有吕先生，年虽耄可师，请与俱迁之。』盖都中设帐者多以月计，月终束金完，任其留止。于是两生同诣吕。吕，越之宿儒，落魄不能归，因授童蒙[3]，实非其志也。得两生甚喜，而褚又甚慧，过目辄了，故尤器重之。两人情好款密，昼同几，夜同榻。

月既终，褚忽假归，十余日不复至。共疑之。一日陈以故至天宁寺，遇褚廊下，劈檪淬硫，作火具焉。见陈，忸怩④不安，陈问：『何遽废读？』褚握手请间，戚然曰：『贫无以遗先生，必半月贩，始能一月读。』陈感慨良久，曰：『但往读，自合极力。』命从人收其业，同归塾。戒陈勿泄，但托故以告先生。陈父固肆贾，居物致富，陈辄窃父金代褚遗师。父以亡金责陈，陈实告之。父以为痴，遂使废学。褚大惭，别师欲去。吕知其故，让之曰：『子既贫，胡不早告？』乃悉以金返陈父，止褚读如故，与共饔飧⑤，若子焉。陈虽不入馆，每邀褚过酒家饮。褚固以避嫌不往，而陈要之弥坚，往往泣下，褚不忍绝，遂与往来无间。逾二年陈父死，复求受业。吕感其诚纳之，而废学既久，较褚悬绝矣。

居半年，吕长子自越来，丐食寻父。门人辈敛金助装，褚惟洒涕依恋而已。吕临别，嘱陈师事褚。陈从之，馆褚于家。未几，入邑庠，以『遗才』应试。陈虑不能终幅，褚请代之。至期，褚偕一人来，云是表兄刘天若，嘱陈暂从去。陈方出，褚忽自后曳之，身欲踣，刘急挽之而去。览眺一过，相携宿于其家。家无妇女，即馆客于内舍。

居数日，忽已中秋。刘曰：『今日李皇亲园中，游人甚夥，当往一豁积闷，相便送君归。』使人荷茶鼎、酒具而往。但见水肆梅亭，喧啾不得入。过水关，则老柳之下，横一画桡，相将登舟。酒数行，苦寂。刘顾僮曰：『梅花馆近有新姬，不知在家否？』僮去少时，与姬俱至，盖勾栏李遏云也。李，都中名妓，工诗善歌，陈曾与友人饮其家，故识之。相见，略道温凉。姬戚戚有忧容。刘命之歌，为歌『蒿里』。陈不悦，曰：『主客即不当卿意，何至对生人歌死曲？』姬起谢，强颜欢笑，乃歌艳曲。陈喜，捉腕曰：

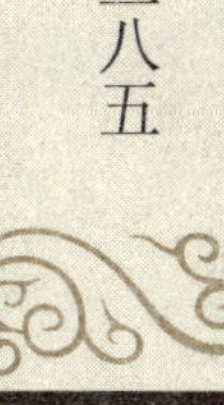

『卿向日《浣溪纱》读之数过，今并忘之。』姬吟曰：『泪眼盈盈对镜台，开帘忽见小姑来，低头转侧看弓鞋。强解绿蛾开笑面，频将红袖拭香腮，小心犹恐被人猜。』陈反复数四。已而泊舟，过长廊，见壁上题咏甚多，即命笔记词其上。日已薄暮，刘曰：『闱中人将出矣。』遂送陈归，入门即别去。陈见室暗无人，俄延间褚已入门，细审之却非褚生。方疑，客遽近身而仆。家人曰：『公子惫矣！』共扶拽之。转觉仆者非他，即己也。既起，见褚生在旁，惚惚若梦。屏人而研究之。褚曰：『告之勿惊：我实鬼也。久当投生，所以因循于此者，高谊所不能忘，故附君体，以代捉刀；三场毕，此愿了矣。』陈复求赴春闱，曰：『君先世福薄，悭吝之骨，诰赠所不堪也。』问：『将何适？』曰：『吕先生与仆有父子之分，系念常不能置。表兄为冥司典簿，求白地府主者，或当有说。』遂别而去。陈异之；天明访李姬，将问以泛舟之事，则姬死数日矣。又至皇亲园，见题句犹存，而淡墨依稀，若将磨灭。始悟题者为魂，作者为鬼。

至夕，褚喜而至，曰：『所谋幸成，敬与君别。』遂伸两掌，命陈书褚字于上以志之。陈将置酒为饯，摇首曰：『勿须。君如不忘旧好，放榜后，勿惮修阻。』陈挥涕送之。见一人伺候于门，褚方依依，其人以手按其项，随手而匾，掬入囊，负之而去。过数日，陈果捷。于是治装如越。吕妻断育几十年，五旬余忽生一子，两手握固不可开。陈至，请相见，便谓掌中当有文曰『褚』。吕不深信。儿见陈，十指自开，视之果然。惊问其故，具告之。共相欢异。陈厚贻之乃返。后吕以岁贡，廷试入都，舍于陈；则儿十三岁入泮矣。

异史氏曰：吕老教门人，而不知自教其子。呜呼！作善于人，而降祥于己，一间也哉！褚生者，

未以身报师，先以魂报友，其志其行，可贯日月[6]，岂以其鬼故奇之与！

注释

①束金：犹言『束脩』。脩，脯，干肉。《论语·述而》：『自行束脩以上，吾未尝无诲焉。』后代指学生送给教师的酬金。

②惜寸阴：爱惜短暂的光阴。《淮南子·原道》：『故圣人不贵尺之璧，而重寸之阴；时难得而易失也。』

③童蒙：初学的幼童。蒙，愚昧无知。

④忸怩：害羞，不好意思。

⑤共饔飧：共食。饔，早餐。飧，晚餐。

⑥可贯日月：意谓志行高洁，可以贯穿日月。贯，穿透。

霍女

朱大兴，彰德[1]人。家富有而吝啬已甚，非儿女婚嫁，座无宾、厨无肉。然佻达喜渔色，色所在冗费不惜。每夜逾垣过村，从荡妇眠。一夜遇少妇独行，知为亡者，强胁之，引与俱归。烛之，美绝。自言『霍氏』。细致研诘，女不悦，曰：『既加收齿，何必复盘察？如恐相累，不如早去。』朱不敢问，留与寝处。顾女不能安粗粝，又厌见肉臛[2]，必燕窝[3]、鸡心[4]、鱼肚白[5]作羹汤，始能餍饱。朱无奈，竭力奉之。又善病，日须参汤一碗。朱初不肯。女呻吟垂绝，不得已投之，病若失，遂以为常。女衣必锦绣，数日即厌其故。如是月余，计费不资，朱渐不供。女啜泣不食，求去；朱惧，又委曲承顺之。每苦闷，辄令十数日一招优伶为戏；戏时，朱设凳帘外，抱儿坐观之。女亦无喜容，数相诮骂，朱亦不甚分解。居二年，家渐落，向女婉言求少减；女许之，用度皆损其半。久之仍不给，女亦以肉糜相安；又渐而不珍亦御矣。朱窃喜。忽一夜，启后扉亡去。朱怊怅若失，遍访之，乃知在邻村何氏家。何大姓，世胄也，豪纵好客，灯火达旦。忽有丽人，半夜人闺闼。诘之，则朱家之逃妾也。朱为人，何素藐之；又悦女美，竟纳焉。绸缪数日，益惑之，穷极奢欲，供奉一如朱。朱得耗，坐索之，何殊不为意。朱质于官。官以其姓名来历不明，置不理。朱货产行赇，乃准拘质。女谓何曰：『妾在朱家，原非采礼媒定者，胡畏之？』何喜，将与质成⑥。座客顾生谏曰：『收纳逋逃，已干国纪；况此女入门，日费无度，即千金之家，何能久也？』何大悟，罢讼，以女归朱。

过一二日，女又逃。有黄生者，故贫士，无偶。女叩扉入，自言所来。黄见艳丽忽投，惊惧不知所为。黄素怀刑⑦，固却之，女不去。应对间，娇婉无那⑧。黄心动，留之，而虑其不能安贫。女早起，躬操家苦，劬劳过旧室焉。黄为人蕴藉潇洒，工于内媚，因恨相得之晚，止恐风声漏泄，为欢不久。而朱自讼后，家益贫；又度女不能安，遂置不究。女从黄数岁，亲爱甚笃。

一日忽欲归宁，要黄御送之。黄曰：『向言无家，何前后之舛？』曰：『曩漫言之。妾镇江人。昔从荡子流落江湖，遂至于此。妾家颇裕，君竭资而往，必无相亏。』黄从其言，赁舆同去。至扬州境，泊舟江际。女适凭窗，有巨商子过，惊其绝，反舟缀之，而黄不知也。女忽曰：『君家甚贫，今有一疗贫之法，不知能从否？』黄诘之，女曰：『妾相从数年，未能为君育男女，亦一不了事。妾虽陋，

幸未老耄，有能以千金相赠者，便鬻妾去，此中妻室、田庐皆备焉。此计如何？』黄失色，不知何故。女笑曰：『君勿急，天下固多佳人，谁肯以千金买妾者？其戏言于外，以觇其有无。卖不卖，固自在君耳。』黄不肯。女自与榜人妇言之，妇目黄，黄漫应焉。妇去无几，返言：『邻舟有商人子，愿出八百。』黄故摇首以难之。未几复来，便言如命，即请过船交兑。黄微哂，女曰：『教渠姑待，我嘱黄郎，即令去。』女谓黄曰：『妾日以千金之躯事君，今始知耶？』黄问：『以何词遣之？』女曰：『请即往署券，去不去固自在我耳。』黄不可。女逼促之，黄不得已诣焉。立刻兑付。黄令封志之，曰：『遂以贫故，竟果如此，遽相割舍。倘室人必不肯从，仍以原金璧赵。』方运金至舟，女已从榜人妇从船尾登商舟，遥顾作别，并无凄恋。黄惊魂离舍，嗌不能言。俄商舟解缆，去如箭激。黄大号，欲追傍之，榜人不从，开舟南渡矣。

瞬息达镇江，运资上岸，榜人急解舟去。黄守装闷坐，无所适归，望江水之滔滔，如万镝之丛体。方掩泣间，忽闻娇声呼『黄郎』。愕然回顾，则女已在前途。喜极，负装从之，问：『卿何遽得来？』女笑曰：『再迟数刻，则君有疑心矣。』黄乃疑其非常，固诘其情。女笑曰：『妾生平于吝者则破之，于邪者则诳之也。若实与君谋，君必不肯，何处可致千金者？错囊充牣，而合浦珠还[9]，君幸足矣，穷问何为？』乃雇役荷囊，相将俱去。

至水门内，一宅南向，径入。俄而翁媪男妇，纷出相迎，皆曰：『黄郎来也！』黄入参公姥。有两少年揖坐与语，是女兄弟大郎、三郎也。筵间味无多品，玉柈四枚，方几已满。鸡蟹鹅鱼，皆脔切为个。少年以巨碗行酒，谈吐豪放。已而导入别院，俾夫妇同处。衾枕滑软，而床则以熟革代棕藤焉。

日有婢媪馈致三餐，女或时竟日不出。黄独居闷苦，屡言归，女固止之。一日谓黄曰：『今为君谋：请买一人为子嗣计。然买婢媵则价奢；当伪为妾也兄者，使父与论婚，良家子不难致。』黄不可，女弗听。有张贡士之女新寡，议聘金百缗，女强为娶之。新妇小名阿美，颇婉妙。女嫂呼之；黄瑟蹴不安，女殊坦坦。他日，谓黄曰：『妾将与大姊至南海一省阿姨，月余可返，请夫妇安居。』遂去。

夫妻独居一院，按时给饮食，亦甚隆备。然自入门后，曾无一人复至其室。每晨，阿美入觐媪，一两言辄退。娣姒⑩在旁，惟相视一笑。既流连久坐，亦不款曲，黄见翁亦如之。偶值诸郎聚语，黄至，既都寂然。黄疑闷莫可告语，阿美觉之，诘曰：『君既与诸郎伯仲，何以月来都如生客？』黄仓猝不能对，吃吃而言曰：『我十年于外，今始归耳。』美又细审翁姑阀阅，及妯娌里居。黄大窘，不能复隐，底里尽露。女泣曰：『妾家虽贫，无作贱媵者，无怪诸宛若⑪鄙不齿数矣！』黄惶怖莫知筹计，惟长跪一听女命。美收涕挽之，转请所处。黄曰：『仆何敢他谋，计惟孑身自去耳。』女曰：『既嫁复归，于情何忍？渠虽先从，私也；妾虽后至，公也。不如姑俟其归，问彼既出此谋，将何以置妾也？』

居数月，女竟不返。一夜闻客舍喧饮，黄潜往窥之，见二客戎装上座：一人裹豹皮巾，凛若天神；东首一人，以虎头革作兜牟，虎口衔额，鼻耳悉具焉。惊异而返，以告阿美，竟莫测霍父子何人。夫妻疑惧，谋欲僦寓他所，又恐生其猜度。黄曰：『实告卿：即南海人还，折证已定，仆亦不能家此也。《史记·孝武本纪》：神君者，长陵女子，以子死悲哀，故见神于先后宛若。今欲携卿去，又恐尊大人别有异言。不如姑别，二年中当复至。卿能待，待之；如欲他适，亦自任也。』阿美欲告父母而从之，黄不可。阿美流涕，要以信誓，乃别而归。黄入辞翁姑。时诸郎皆他出，翁挽留以待其归，黄不听而行。

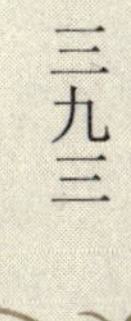

登舟凄然，形神丧失。至瓜州，忽回首见片帆来驶如飞；渐近，则船头按剑而坐者霍大郎也。遥谓曰：『君欲遄返，胡再不谋？遗夫人去，二三年谁能相待也？』言次，舟已逼近。阿美自舟中出，大郎挽登黄舟，跳身径去。先是，阿美既归，方向父母泣诉，忽大郎将舆登门，按剑相胁，逼女风走。一家慑息，莫敢遮问。女述其状，黄不解何意，而得美良喜，开舟遂发。

至家，出资营业，颇称富有。阿美常悬念父母，欲黄一往探之；又恐以霍女来，嫡庶复有参差。居无何，张翁访至，见屋宇修整，心颇慰，谓女曰：『汝出门后，遂诣霍家探问，见门户已扃，第主亦不之知，半年竟无消息。汝母日夜零涕，谓被奸人赚去，不知流离何所。今幸无恙耶？』黄实告以情，因相猜为神。

后阿美生子，取名仙赐。至十余岁，母遣诣镇江，至扬州界，休于旅舍，从者皆出。有女子来，挽儿入他室，下帘，抱诸膝上，笑问何名。儿告之。问：『取名何义？』答云：『不知。』女曰：『归问汝父当自知。』乃为挽髻，自摘髻上花代簪之；出金钏⑫束腕上。又以黄金内袖，曰：『将去买书读。』儿问其谁，曰：『儿不知更有一母耶？归告汝父：朱大兴死无棺木，当助之，勿忘也。』老仆归舍，失少主，寻至他室，闻与人语，窥之则故主母。帘外微嗽，将有咨白。女推儿榻上，恍惚已杳。问之舍主，并无知者。

数日，自镇江归，语黄，又出所赠。黄感叹不已。及询朱，则死裁三日，露尸未葬，厚恤之。

异史氏曰：女其仙耶？三易其主不为贞。然为吝者破其悭，为淫者速其荡，女非无心者也。然破之则不必其怜之矣，贪淫鄙吝之骨，沟壑何惜焉？

注释

①彰德：旧府名，府治在今河南省安阳市。

②肉臛：肉羹。

③燕窝：是中国传统滋养品，是金丝燕用唾液再混合海藻等其他物质所筑成的巢穴，有补肺养阴之功效，主治虚劳咳嗽、咳血等症。

④鸡心：一种海味。

⑤鱼肚白：以鱼膘等物制成的白色明胶，一种很名贵的海味。

⑥质成：在公堂对质，求人评判是非。

⑦怀刑：守法。《论语·里仁》：「君子怀刑。」朱熹注：「怀，思念也。怀刑，谓畏法。」

⑧无那：同「婀娜」，轻盈柔美的样子。曹植《洛神赋》：「华容婀娜，令我忘餐。」

⑨合浦珠还：《后汉书·孟尝传》载：汉代的合浦郡盛产珍珠，先前的郡守采求无度，珍珠渐徙别地。孟尝任太守后，「革易前弊，求民病利。曾未逾岁，去珠复还。」后常以此比喻失而复得。

⑩娣姒：妯娌。《尔雅·释亲》：「长妇谓稚妇为娣妇，娣妇谓长妇为姒妇。」

⑪宛若：原为女子名，后为妯娌的代称。《史记·孝武本纪》：「神君者，长陵女子，以子死悲哀，故见神于先后宛若。」《集解》：「孟康曰：「兄弟妻相谓「先后」。宛若，字也。」」

⑫钏：手镯。

司文郎

平阳①王平子，赴试北闱，赁居报国寺。寺中有余杭生先在，王以比屋居，投刺焉，生不之答；朝夕遇之多无状。王怒其狂悖，交往遂绝。

一日，有少年游寺中，白服裙帽，望之傀然②。近与接谈，言语谐妙，心爱敬之。展问邦族，云：「登州宋姓。」因命苍头设座，相对噱谈。余杭生适过，共起逊坐。生居然上座，更不㧑挹。卒然问宋：「亦入闱者耶？」答曰：「非也。驽骀③之才，无志腾骧久矣。」又问：「何省？」宋告之。生曰：「竟不进取，足知高明。山左、右并无一字通者。」宋曰：「北人固少通者，而不通者未必是小生；南人固多通者，然通者亦未必是足下④。」言已，鼓掌，王和之，因而哄堂。生惭忿，轩眉攘腕而大言曰：「敢当前命题，一校文艺乎？」宋他顾而哂曰：「有何不敢！」便趋寓所，出经授王。王随手一翻，指曰：「『阙党童子将命⑤。』」生起，求笔札。宋曳之曰：「口占可也。我破⑥已成：『于宾客往来之地，而见一无所知之人焉。』」王捧腹大笑。生怒曰：「全不能文，徒事谩骂，何以为人！」王力为排难，请另命佳题。又翻曰：「『殷有三仁焉⑦。』」宋立应曰：「三子者不同道，其趋一也。夫一者何也？曰：仁也。君子亦仁而已矣，何必同？」生遂不作，起曰：「其为人也小有才。」遂去。

王以此益重宋。邀入寓室，款言移晷⑧，尽出所作质宋。宋流览绝疾，逾刻已尽百首，曰：「君亦沉深于此道者？然命笔时，无求必得之念，而尚有冀幸得之心，即此已落下乘。」遂取阅过者一一诠说。王大悦，师事之；使庖人以蔗糖作水角⑨。宋啖而甘之，曰：「生平未解此味，烦异日更一作也。」从此相得甚欢。宋三五日辄一至，王必为之设水角焉。余杭生时一遇之，虽不甚倾谈，而傲睨之气顿减。

一日以窗艺示宋，宋见诸友圈赞已浓，目一过，推置案头，不作一语。生疑其未阅，复请之，答已览竟。生又疑其不解，宋曰：『有何难解？但不佳耳！』生曰：『一览丹黄[10]，何知不佳？』宋便诵其文，如夙读者，且诵且訾[11]。生跼蹐汗流，不言而去。移时宋去，生入，坚请王作，王拒之。生强搜得，见文多圈点，笑曰：『此大似水角子！』王故朴讷，觍然而已。次日宋至，王具以告。宋怒曰：『我谓「南人不复反矣[12]」，伧楚何敢乃尔！必当有以报之！』王力陈轻薄之戒以劝之，宋深感佩。

既而场后以文示宋，宋颇相许。偶与涉历殿阁，见一瞽僧坐廊下，设药卖医。宋讶曰：『此奇人也！最能知文，不可不一请教。』因命归寓取文。遇余杭生，遂与俱来。王呼师而参之。僧疑其问医者，便诘症候。王具白请教之意，僧笑曰：『是谁多口？无目何以论文？』王请以耳代目。僧曰：『三作两千余言，谁耐久听！不如焚之，我视以鼻可也。』王从之。每焚一作，僧嗅而颔之曰：『君初法大家，虽未逼真，亦近似矣。我适受之以脾。』问：『可中否？』曰：『亦中得。』余杭生未深信，先以古大家文烧试之。僧再嗅曰：『妙哉！此文我心受之矣，非归、胡何解办此！』生大骇，始焚己作。僧曰：『适领一艺，未窥全豹，何忽另易一人来也？』生托言：『朋友之作，止此一首；此乃小生作也。』僧嗅其余灰，咳逆数声，曰：『勿再投矣！格格而不能下，强受之以膈，再焚则作恶矣。』生惭而退。

数日榜放，生竟领荐；王下第。生与王走告僧。僧叹曰：『仆虽盲于目，而不盲于鼻；帘中人[13]并鼻盲矣。』俄余杭生至，意气发舒，曰：『盲和尚，汝亦啖人水角耶？今竟何如？』僧曰：『我所论者文耳，不谋与君论命。君试寻诸试官之文，各取一首焚之，我便知孰为尔师。』生与王并搜之，止得八九人。生曰：『如有舛错，以何为罚？』僧愤曰：『剜我盲瞳去！』生焚之，每一首，都言非是；

至第六篇，忽向壁大呕，下气如雷。众皆粲然。僧拭目向生曰：『此真汝师也！初不知而骤嗅之，刺于鼻，棘于腹，膀胱所不能容，直自下部出矣！』生大怒，去，曰：『明日自见！勿悔！勿悔！』越二三日竟不至；视之已移去矣。乃知即某门生也。宋慰王曰：『凡吾辈读书人，不当尤人，但当克己；不尤人则德益弘，能克己则学益进。当前踧落，固是数之不偶；平心而论，文亦未便登峰，其由此砥砺，天下自有不盲之人。』王肃然起敬。又闻次年再行乡试，遂不归，止而受教。宋曰：『都中薪桂米珠，勿忧资斧。舍后有窖镪，可以发用。』即示之处。王谢曰：『昔窦、范贫而能廉，今某幸能自给，敢自污乎？』王一日醉眠，仆及庖人窃发之。王忽觉，闻舍后有声，窃出，则金堆地上。情见事露，并相慑伏。方诃责间，见有金爵，类多镌款，审视皆大父字讳。盖王祖曾为南部郎，入都寓此，暴病而卒，金其所遗也。王乃喜，称得金八百余两。明日告宋，且示之爵，欲与瓜分，固辞乃已。以百金往赠瞽僧，僧已去。积数月，敦习益苦。及试，宋曰：『此战不捷，始真是命矣！』俄以犯规被黜。王尚无言，宋大哭不能止，王反慰解之。宋曰：『仆为造物所忌，困顿至于终身，今又累及良友。其命也夫！其命也夫！』王曰：『万事固有数在。如先生乃无志进取，非命也。』宋拭泪曰：『久欲有言，恐相惊怪。某非生人，乃飘泊之游魂也。少负才名，不得志于场屋。佯狂至都，冀得知我者传诸著作。甲申之年，竟罹于难，岁岁飘蓬。幸相知爱，故极力为「他山」之攻，生平未酬之愿，实欲借良朋一快之耳。今文字之厄若此，谁复能漠然哉！』王亦感泣，问：『何淹滞？』曰：『去年上帝有命，委宣圣及阎罗王核查劫鬼，上者备诸曹任用，余者即俾转轮。贱名已录，所未投到者，欲一见飞黄[14]之快耳。今请别矣！』王问：『所考何职？』曰：『梓潼府中缺一司文郎，暂令聋僮署篆，

文运所以颠倒。万一幸得此秩，当使圣教昌明。』

明日，忻忻而至，曰：『愿遂矣！宣圣命作《性道论》，视之色喜，谓可司文。阎罗穆簿，欲以「口孽」见弃。宣圣争之乃得就。某伏谢已，又呼近案下，嘱云：「今以怜才，拔充清要；宜洗心供职，勿蹈前愆。」此可知冥中重德行更甚于文学也。君必修行未至，但积善勿懈可耳。』王曰：『果尔，余杭其德行何在？』曰：『不知。要冥司赏罚，皆无少爽。即前日瞽僧亦一鬼也，是前朝名家。以生前抛弃字纸过多，罚作瞽。彼自欲医人疾苦，以赎前愆，故托游廛肆耳。』王命置酒，宋曰：『无须。终岁之扰，尽此一刻，再为我设水角足矣。』王悲怆不食，坐令自啖。顷刻，已过三盛，捧腹曰：『此餐可饱三日，吾以志君德耳。向所食都在舍后，已成菌矣。藏作药饵，可益儿慧。』王问后会，曰：『既有官责，当引嫌也。』又问：『梓潼祠[15]中，一相酹祝，可能达否？』曰：『此都无益。九天甚远，但洁身力行，自有地司牒报，则某必与知之。』言已，作别而没。王视舍后，果生紫菌，采而藏之。旁有新土坟起，则水角宛然在焉。

王归，弥自刻厉。一夜，梦宋舆盖而至，曰：『君向以小忿误杀一婢，削去禄籍，今笃行已折除矣。然命薄不足任仕进也。』是年捷于乡，明年春闱又捷。遂不复仕。生二子，其一绝钝，啖以菌，遂大慧。后以故诣金陵，遇余杭生于旅次，极道契阔，深自降抑，然鬓毛斑矣。

异史氏曰：余杭生公然自诩，意其为文，未必尽无可观；而骄诈之意态颜色，遂使人顷刻不可复忍。天人之厌弃已久，故鬼神皆玩弄之。脱能增修厥德，则帘内之『刺鼻棘心』者，遇之正易，何所遭之仅也。

注释

①平阳：旧府名，在今山西省临汾市。

②傀然：魁伟、高大的样子。

③驽骀：比喻才能平庸。驽、骀，都是劣马。

④足下：旧时同辈间相称的敬词。

⑤阙党童子将命：见《论语·宪问》：『阙党童子将命。或问之曰「益者与。」子曰：「吾见其居于位也，见其与先生并行也。非求益者也，欲速成者也。」』阙党，阙里，孔子的住处。将命，奉命奔走。此处指宋生借题发挥，语义双关地奚落余杭生。

⑥破：破题。八股文开头用两句说破题目要义，称『破题』。

⑦殷有三仁焉：见《论语·微子》：『微子去之，箕子为之奴，比干谏而死。孔子曰：「殷有三仁焉。」』意谓殷纣王残暴无道，微子去之以存宗祀，箕子佯狂为奴，比干力谏而死，所以孔子说微子、箕子和比干是三位仁人。

⑧移晷：日影移动，指时间很长。晷，日影。

⑨水角：水饺。

⑩丹黄：旧时点校书籍所用的两种颜色，因以『丹黄』代称对文章的评点。

⑪訾：诋毁，批评。

⑫南人不复反矣：三国时蜀国名相诸葛亮南征孟获，七擒七纵。最后孟获心悦诚服地说：『公天威也，

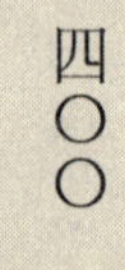

南人不复反矣！』此处比喻心悦诚服。

⑬帘中人：指乡试之阅卷官员，如主考、房官（考官）。清代贡院体制，分为内帘官和外帘官，监临、外提调等外帘官主管事务，主考、房官、内提调等内帘官主管阅卷。

⑭飞黄：原指传说中的神马，此处指科举取中。韩愈《符读书城南》：『飞黄腾踏去，不能顾蟾蜍。』

⑮梓潼祠：梓潼帝君之府。梓潼帝君为道教所供奉的主宰功名禄位的神仙。相传姓张，名亚子或恶子，晋人。

吕无病

洛阳孙公子名麒，娶蒋太守女，甚相得。二十夭殂，悲不自胜。离家，居山中别业。适阴雨昼卧，室无人，忽见复室帘下，露妇人足，疑而问之。有女子褰帘入，年约十八九，衣服朴洁，而微黑多麻，类贫家女。意必村中僦屋者，呵曰：『所须宜白家人，何得轻入！』女微笑曰：『妾非村中人，祖籍山东，吕姓。父文学士①。妾小字无病。从父客迁，早离顾复②。慕公子世家名士，愿为康成文婢③。』孙笑曰：『卿意良佳。但仆辈杂居，实所不便，容旋里后，当舆聘之。』女次且曰：『自揣陋劣，何敢遂望敌体④？聊备案前驱使，当不至倒捧册卷。』孙曰：『纳婢亦须吉日。』乃指架上，使取通书第四卷——盖试之也。女翻检得之。先自涉览，而后进之，笑曰：『今日河魁⑤不曾在房。』孙意少动，留匿室中。女闲居无事，为之拂几整书，焚香拭鼎，满室光洁。孙悦之。

至夕，遣仆他宿。女俯眉承睫，殷勤臻至。命之寝，始持烛去。中夜睡醒，则床头似有卧人；以手探之知为女，捉而撼焉。女惊起，立榻下，孙曰：『何不别寝，床头岂汝卧处也？』女曰：『妾善惧。』孙怜之，俾施枕床内。忽闻气息之来，清如莲蕊，异之；呼与共枕，不觉心荡；渐于同衾，大悦之。念避匿非策，又恐同归招议。孙有母姨，近隔十余门，谋令遁诸其家，而后再致之。女称善，便言：『阿姨，妾熟识之，无容先达，请即去。』孙送之，逾垣而去。孙母姨，寡媪也。凌晨起户，女掩入。媪诘之，答云：『若甥遣问阿姨。公子欲归，路赊乏骑，留奴暂寄此耳。』媪信之，遂止焉。孙归，矫谓姨家有婢，欲相赠，遣人舁之而还，坐卧皆以从。久益嬖之，纳为妾。世家论婚皆勿许，殆有终焉之志。女知之，苦劝令娶；乃娶于许，而终嬖爱无病。许甚贤，略不争夕，无病事许益恭，以此嫡庶偕好。许举一子阿坚，无病爱抱如己出。儿甫三岁，辄离乳媪，从无病宿，许唤不去。无何许病卒，临诀，嘱孙曰：『无病最爱儿，即令子之可也，即正位焉亦可也。』既葬，孙将践其言，告诸宗党，佥谓不可；女亦固辞，遂止。

邑有王天官女新寡，来求婚。孙雅不欲娶，王再请之。媒道其美，宗族仰其势，共怂恿之。孙惑焉，又娶之。色果艳；而骄已甚，衣服器用多厌嫌，辄加毁弃。孙以爱敬故，不忍有所拂。入门数月，擅宠专房，而无病至前，笑啼皆罪。时怒迁夫婿，数相闹斗。孙患苦之，以多独宿。妇又怒。孙不能堪，托故之都，逃妇难也。妇以远游咎无病。无病鞠躬屏气，承望颜色，而妇终不快。夜使直宿床下，儿奔与俱。每唤起给使，儿辄啼，妇厌骂之。无病急呼乳媪来抱之，不去，强之益号。妇怒起，毒挞无算，始从乳媪去。儿以是病悸，不食。妇禁无病不令见之。儿终日啼，妇叱媪，使弃诸地。儿气竭声嘶，呼而求饮，妇戒勿与。日既暮，无病窥妇不在，潜饮儿。儿见之，弃水捉衿，号啕不止。妇闻之，意气汹汹而出。儿闻声辍涕，一跃遂绝。无病大哭。妇怒曰：『贱婢丑态！岂以儿死胁我耶！无论孙家襁褓物；即杀王府世子，王天官女亦能任之！』无病乃抽息忍涕，请为葬具。妇不许，立命弃之。

妇去，窃抚儿，四体犹温，隐语媪曰：『可速将去，少待于野，我当继至。其死也共弃之，活也共抚之。』媪曰：『诺。』无病入室，携簪珥出，追及之。共视儿，已苏。二人喜，谋趋别业，往依姨。媪虑其纤步为累，无病乃先趋以俟之，疾若飘风，媪力奔始能及。约二更许，儿病危不复可前。遂斜行入村，至田叟家，倚门侍晓，叩扉借室，出簪珥易资，巫医并致，病卒不瘳。女掩泣曰：『媪好视儿，我往寻其父也。』媪方惊其谬妄，而女已杳矣，骇诧不已。

是日孙在都，方憩息床上，女悄然入。孙惊起曰：『才眠已入梦耶！』女握手哽咽，顿足不能出声。久之久之，方失声而言曰：『妾历千辛，与儿逃于杨——』句未终，纵声大哭，倒地而灭。孙骇绝，犹疑为梦；唤从人共视之，衣履宛然，大异不解。即刻趣装，星驰而归。既闻儿死妾遁，抚膺大悲。语侵妇，妇反唇相稽。孙忿，出白刃；婢妪遮救不得近，遥掷之。刀脊中额，额破血流，披发嗥叫而出，将以奔告其家。孙捉还，杖挞无数，衣皆若缕，伤痛不可转侧。孙命舁诸房中护养之，将待其瘥而后出之。妇兄弟闻之。怒，率多骑登门，孙亦集健仆械御之。两相叫骂，竟日始散。王未快意，讼之。孙捍卫入城，自诣质审，诉妇恶状。宰不能屈，送广文惩戒以悦王。广文朱先生，世家子，刚正不阿。廉得情。怒曰：『堂上公以我为天下之龌龊教官，勒索伤天害理之钱，以吮人痈痔者耶！此等乞丐相，我所不能！』竟不受命。孙公然归。王无奈之，乃示意朋好，为之调停，欲生谢过其家。孙不肯，十反不能决。妇创渐平，欲出之，又恐王氏不受，因循而安之。

妾亡子死，夙夜伤心，思得乳媪，一问其情。因忆无病言『逃于杨』，近村有杨家疃，疑其在是；往问之并无知者。或言五十里外有杨谷，遣骑诣讯，果得之。儿渐平复，相见各喜，载与俱归。儿望见父，嗷然大啼，孙亦泪下。妇闻儿尚存，盛气奔出，将致诮骂。儿方啼，开目见妇，惊投父怀，若求藏匿。抱而视之，气已绝矣。急呼之，移时始苏。孙恚曰：『不知如何酷虐，遂使吾儿至此！』乃立离婚书，送妇归。王果不受，又舁还孙。孙不得已，父子别居一院，不与妇通。乳媪乃备述无病情状，孙始悟其为鬼。感其义，葬其衣履，题碑曰『鬼妻吕无病之墓』。无何，妇产一男，交手于项而死之。孙益忿，复出妇；王又舁还之。孙乃具状控诸上台，皆以天官故置不理。后天官卒，孙控不已，乃判令大归。孙由此不复娶，纳婢焉。

妇既归，悍名噪甚，三四年无问名者。妇顿悔，而已不可复挽。有孙家旧媪，适至其家。妇优待之，对之流涕；揣其情，似念故夫。媪归告孙，孙笑置之。又年余妇母又卒，孤无所依，诸娣姒颇厌嫉之，妇益失所，日辄涕零。一贫士丧偶，兄议厚其奁妆而遣之，妇不肯。每阴托往来者致意孙，泣告以悔，孙不听。一日妇率一婢，窃驴跨之，竟奔孙。孙方自内出，迎跪阶下，泣不可止。孙欲去之，妇牵衣复跪之。孙固辞曰：『如复相聚，常无间言⑥则已耳；一朝有他，汝兄弟如虎狼，再求离逖，岂可复得！』妇曰：『妾窃奔而来，万无还理。留则留之，否则死之！且妾自二十一岁从君，二十三岁被出，诚有十分恶，宁无一分情？』乃脱一腕钏，并两足而束之，袖覆其上，曰：『此时香火之誓，君宁不忆之耶？』孙乃荧眦欲泪，使人挽扶入室；而犹疑王氏诈谖，欲得其兄弟一言为证据。妇曰：『妾私出，何颜复求兄弟？如不相信，妾藏有死具在此，请断指以自明。』遂于腰间出利刃，就床边伸左手一指断之，血

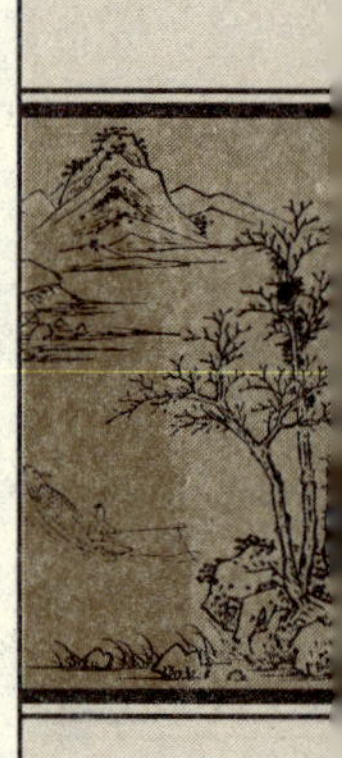

溢如涌。孙大骇，急为束裹。妇容色痛变，而更不呻吟，笑曰：『妾今日黄粱之梦已醒，特借斗室为出家计，何用相猜？』孙乃使子及妾另居一所，而已朝夕往来于两间。又日求良药医指创，月余寻愈。

妇由此不茹荤酒，闭户诵佛而已。居久，见家政废弛，谓孙曰：『妾此来，本欲置他事于不问，今见如此用度，恐子孙有饿莩者矣。无已，再腆颜一经纪之。』乃集婢媪，按日责其绩织。家人以其自投也，慢之，窃相诮讪，妇若不闻。既而课工，惰者鞭挞不贷，众始惧之。又垂帘课主计仆，综理微密。孙乃大喜，使儿及妾皆朝见之。阿坚已九岁，妇加意温恤，朝入塾，常留甘饵以待其归，儿亦渐亲爱之。一日，儿以石投雀，妇适过，中颅而仆，逾刻不语。孙大怒，挞儿；妇苏，力止之，且喜曰：『妾昔虐儿，中心每不自释，今幸销一罪案矣。』孙益嬖爱之，妇每拒，使就妾宿。居数年，屡产屡殇，曰：『此昔日杀儿之报也。』阿坚既娶，遂以外事委儿，内事委媳。一日曰：『妾某日当死。』孙不信。妇自理葬具，至日更衣入棺而卒。颜色如生，异香满室；既殓，香始渐灭。

异史氏曰：心之所好，原不在妍媸也。毛嫱、西施，焉知非自爱之者美之乎？然不遭悍妒，其贤不彰，几令人与嗜痂者并笑矣。至锦屏之人⑦，其夙根原厚，故豁然一悟，立证菩提；若地狱道中，皆富贵而不经艰难者矣。

注释

①文学士：文学，孔门四科之一，指文章博学。此处泛指读书人。

②早离顾复：指父母早亡。顾复，喻父母养育之恩，此处代指父母。

③康成文婢：此处指愿为孙公子的奴婢。康成，郑玄，东汉经学家。《世说新语·文学》：『郑玄家

奴婢皆读书，尝使一婢不称旨，将挞之。方自陈说，玄怒，使人曳著泥中。须臾，复有一婢来，问曰：「胡为乎泥中？」答曰：「薄言往愬，逢彼之怒。」』

④敌体：地位对等，无高低之分。此处指处于平等地位的妻子。《左传·庄公四年》：『纪伯姬卒。』杜预注：『内女唯诸侯夫人卒葬皆书，恩成于敌体。』

⑤河魁：星命家指月中凶神。

⑥间言：闲言闲语，指非议之言。《论语·先进》：『人不间于其父母昆弟之言。』

⑦锦屏之人：泛指深闺女子。汤显祖《牡丹亭·惊梦》：『锦屏人忒看的这韶光贱。』此处指王氏。

崔猛

崔猛，字勿猛，建昌①世家子。性刚毅，幼在塾中，诸童稍有所犯，辄奋拳殴击，师屡戒不悛，名、字皆先生所赐也。至十六七，强武绝伦。又能持长竿跃登夏屋。喜雪不平，以是乡人共服之，求诉禀白者盈阶满室。崔抑强扶弱，不避怨嫌；稍逆之，石杖交加，支体为残。每盛怒，无敢劝者。惟事母孝，母至则解。母谴责备至，崔唯唯听命，出门辄忘。比邻有悍妇，日虐其姑。姑饿濒死，子窃啖之；妇知，诟厉万端，声闻四院。崔怒，逾垣而过，鼻耳唇舌尽割之，立毙。母闻大骇，呼邻子极意温恤，配以少婢，事乃寝。母愤泣不食。崔惧，跪请受杖，且告以悔，母泣不顾。崔妻周，亦与并跪。母乃杖子，而又针刺其臂，作十字纹，朱涂之，俾勿灭。崔并受之，母乃食。

母喜饭僧道，往往餍饱之。适一道士在门，崔过之。道士目之曰：『郎君多凶横之气，恐难保其

令终。积善之家，不宜有此。』崔新受母戒，闻之，起敬曰：『某亦自知；但一见不平，苦不自禁。力改之，或可免否？』道士笑曰：『姑勿问可免不可免，请先自问能改不能改。但当痛自抑；如有万分之一，我告君以解死之术。』崔生平不信厌禳②，笑而不言。道士曰：『我固知君不信。但我所言，不类巫觋③，行之亦盛德；即或不效，亦无妨碍。』崔请教，乃曰：『适门外一后生，宜厚结之，即犯死罪，彼亦能活之也。』呼崔出，指示其人。盖赵氏儿，名僧哥。赵，南昌人，以岁祲饥，侨寓建昌。崔由是深相结，请赵馆于其家，供给优厚。僧哥年十二，登堂拜母，约为弟昆。逾岁东作④，赵携家去，音问遂绝。

崔母自邻妇死，戒子益切，有赴诉者，辄摈斥之。一日崔母弟卒，从母往吊。途遇数人絷一男子，呵骂促步，加以捶扑。观者塞途，舆不得进。崔问之，识崔者竞相拥告。先是，有巨绅子某甲者豪横一乡，窥李申妻有色欲夺之，道无由。因命家人诱与博赌，贷以资而重其息，要使署妻于券，资尽复给。终夜负债数千，积半年，计子母三十余千。申不能偿，强以多人篡取其妻。申哭诸其门，某怒，拉系树上，榜笞刺剟逼立『无悔状』。崔闻之，气涌如山，鞭马前向，意将用武。母搴帘而呼曰：『唶！又欲尔耶！』崔乃止。既吊而归，不语亦不食，兀坐直视，若有所嗔。妻诘之，不答。至夜，和衣卧榻上，辗转达旦，次夜复然。忽启户出，辄又还卧。如此三四，妻不敢诘，惟慑息以听之。既而迟久乃返，掩扉熟寝矣。

是夜，有人杀某甲于床上，刳腹流肠；申妻亦裸尸床下。官疑申，捕治之。横被残梏，踝骨皆见，卒无词。积年余不堪刑，诬服，论辟⑤。会崔母死，既殡，告妻曰：『杀甲者实我也，徒以有老母故

不敢泄。今大事已了，奈何以一身之罪殃他人？我将赴有司死耳！』妻惊挽之，绝裾而去，自首于庭。官愕然，械送狱，释申。申不可，坚以自承。官不能决，两收之。戚属皆诮让申，申曰：『公子所为，是我欲为而不能者也。彼代我为之，而忍坐视其死乎？今日即谓公子未出也可。』执不异词，固与崔争。久之，衙门皆知其故，强出之，以崔抵罪，濒就决矣。会恤刑官⑥赵部郎，案临阅囚，至崔名，屏人而唤之。崔入，仰视堂上，僧哥也。悲喜实诉。赵徘徊良久，仍令下狱，嘱狱卒善视之。寻以自首减等，充云南军，申为服役而去，未期年援赦而归。皆赵力也。

既归，申终从不去，代为纪理生业。予之资，不受。缘橦技击之术，颇以关怀。崔厚遇之，买妇授田焉。崔由此力改前行，每抚臂上刺痕，泫然流涕，以故乡邻有事，申辄矫命排解，不相禀白。

有王监生者家豪富，四方无赖不仁之辈，出入其门。邑中殷实者，多被劫掠；或迕之，辄遣盗杀诸途。子亦淫暴。王有寡婶，父子俱烝之。妻仇氏屡沮王，王缢杀之。仇兄弟质诸官，王赇嘱，以告者坐诬。兄弟冤愤莫伸，诣崔求诉。申绝之使去。过数日，客至，适无仆，使申瀹茗。申默然出，告人曰：『我与崔猛朋友耳，从徙万里，不可谓不至矣；曾无廪给，而役同厮养，所不甘也！』遂忿而去。或以告崔，崔讶其改节，而亦未之奇也。申忽讼于官，谓崔三年不给佣值。崔大异之，亲与对状，申忿相争。官不直之，责逐而去。又数日，申忽夜入王家，将其父子婶妇并杀之，粘纸于壁，自书姓名，及追捕之，则亡命无迹。王家疑崔主使，官不信。崔始悟前此之讼，盖恐杀人之累己也。关行附近州邑，追捕甚急。会闯贼犯顺，其事遂寝。及明鼎革⑦，申携家归，仍与崔善如初。

时土寇啸聚，王有从子得仁，集叔所招无赖，据山为盗，焚掠村疃。一夜，倾巢而至，以报仇为名。

崔适他出，申破扉始觉，越墙伏暗中。贼搜崔、李不得，据崔妻，括财物而去。申归，止有一仆，忿极，乃断绳数十段，以短者付仆，长者自怀之。嘱仆越贼巢，登半山，以火爇绳，散挂荆棘，即反勿顾。仆应而去。申窥贼皆腰束红带，帽系红绢，遂效其装。有老牝马初生驹，贼弃诸门外。申乃缚驹跨马，衔枚而出，直至贼穴。贼据一大村，申絷马村外，逾垣入。见贼众纷纭，操戈未释。申窃问诸贼，知崔妻在王某所。俄闻传令，俾各休息，轰然嗷应。忽一人报东山有火，众贼共望之；初犹一二点，既而多类星宿。申坌息急呼东山有警。王大惊，束装率众而出。申乘间漏出其右，返身入内。见两贼守帐，绐之曰：『王将军遗佩刀。』两贼竞觅。申自后斫之，一贼踣；其一回顾，申又斩之。竟负崔妻越垣而出。解马授辔，曰：『娘子不知途，纵马可也。』马恋驹奔驶，申从之。出一隘口，申灼火于绳，遍悬之，乃归。

次日崔还，以为大辱，形神跳躁，欲单骑往平贼。申谏止之。集村人共谋，众恇怯莫敢应。解谕再四，得敢往二十余人，又苦无兵。适于得仁族姓家获奸细二，崔欲杀之，申不可；命二十人各持白梃，具列于前，乃割其耳而纵之。众怨曰：『此等兵旅，方惧贼知，而反示之。脱其倾队而来，阖村不保矣！』申曰：『吾正欲其来也。』执匿盗者诛之。遣人四出，各假弓矢火铳，又诣邑借巨炮二。日暮，率壮士至隘口，置炮当其冲；使二人匿火而伏，嘱见贼乃发。又至谷东口，伐树置崖上。已而与崔各率十余人，分岸伏之。一更向尽，遥闻马嘶，贼果大至，缗属不绝。俟尽入谷，乃推堕树木，断其归路。俄而炮发，喧腾号叫之声震动山谷。贼骤退，自相践踏；至东口，不得出，集无隙地。两岸铳矢夹攻，势如风雨，断头折足者枕藉沟中。遗二十余人，长跪乞命。乃遣人絷送以归。乘胜直抵其巢。守巢者闻风奔窜，搜其辎重而还。崔大喜，问其设火之谋。曰：『设火于东，恐其西追也；短，欲其速尽，恐侦知其无人也；既而设于谷口，口甚隘，一夫可以断之，彼即追来，见火必惧：皆一时犯险之下策也。』取贼鞫之，果追入谷，见火惊退。二十余贼，尽劓刖而放之。由此威声大震，远近避乱者从之如市，得土团三百余人。各处强寇无敢犯，一方赖之以安。

异史氏曰：快牛必能破车，崔之谓哉！志意慷慨，盖鲜俪矣。然欲天下无不平之事，宁非意过其通者与？李申，一介细民，遂能济美。缘橦飞入，剪禽兽于深闺；断路夹攻，荡幺魔于隘谷。使得假五丈之旗，为国效命，乌在不南面而王哉！

注释

①建昌：旧府名，在今江西省南城县。

②厌禳：古代巫术的一种，即厌祷，祈祷鬼神以为害他人，或消除灾难。禳，除殃。

③巫觋：装神弄鬼、祈福消灾的人。巫，女巫。觋，男巫。

④东作：春耕。《尚书·尧典》：『寅宾日出，平秩东作。』

⑤论辟：判处死刑。辟，大辟，斩首。

⑥恤刑官：明初设恤刑官，分遣御史赴各道审理囚犯，以慎用刑罚，成化以后，成为定制。

⑦及明鼎革：指清朝取代明朝。鼎、革，是《易》卦名，为更新、去故之意，代指改朝换代。

陈锡九

陈锡九，邳人①。父子言，邑名士。富室周某，仰其声望，订为婚姻。言累举不第，家业萧条，游学于秦，数年无信。周阴有悔心。以少女适王孝廉为继室，王聘仪丰盛，仆马甚都。以此愈憎锡九贫，坚意绝婚；问女，女不从。怒，以恶服饰遣归锡九。日不举火，周全不顾恤。

一日，使佣媪以榼②饷女，入门向母曰：『主人使某视小姑，姑饿死否。』女恐母惭，强笑以乱其词。因出廪中肴饵，列母前。媪止之曰：『无须尔！自小姑入人家，何曾交换出一杯温凉水？吾家物，料姥姥亦无颜啖噉得。』母大恚，声色俱变。媪不服，恶语相侵。纷纭间锡九自外入，讯知大怒，撮毛批颊，挞逐出门而去。次日周来逆女，女不肯归；明日又来，增其人数，众口呶呶，如将寻斗。母强劝女去。女潸然拜母，登车而去。过数日，又使人来逼索离婚书，母强锡九与之。惟望子言归，以图别处。

周家有人自西安来，知子言已死，陈母哀愤成疾而卒。锡九哀迫中，尚望妻归；久而渺然，悲愤益切。薄田数亩，鬻治葬具。葬毕，乞食赴秦，以求父骨。至西安遍访居人，或言数年前有书生死于逆旅，葬之东郊，今冢已没。锡九无策，惟朝丐市廛，暮宿野寺，冀有知者。

会晚，经丛葬处，有数人遮道，逼索饭价。锡九曰：『我异乡人，乞食城郭，何处少人饭价？』共怒，捽之仆地，以埋儿败絮塞其口。力尽声嘶，渐就危殆。忽共惊曰：『何处官府至矣！』释手寂然。俄有车马至，便问：『卧者何人？』即有数人扶至车下。车中人曰：『是吾儿也。孽鬼何敢尔！可悉缚来，勿致漏脱。』锡九觉有人去其塞，少定细认，真其父也。大哭曰：『儿为父骨良苦。今固尚在人间耶！』父曰：『我非人，太行总管也。此来亦为吾儿。』锡九哭益哀。父慰谕之。锡九泣述岳家离婚，父曰：『无忧，今新妇亦在母所。母念儿甚，可暂一往。』遂与同车，驰如风雨。

移时至一官署，下车入重门，则母在焉。锡九痛欲绝，父止之。锡九啜泣听命。见妻在母侧，问母曰：『儿妇在此，得毋亦泉下耶？』母曰：『非也，是汝父接来，待汝归家，当便送去。』锡九曰：『儿侍父母，不愿归矣。』母曰：『辛苦跋涉而来，为父骨耳。汝不归；初志为何也？况汝孝行已达天帝，赐汝金万斤，夫妻享受正远，何言不归？』锡九垂泣。父数数促行，锡九哭失声。父怒曰：『汝不行耶！』锡九惧，收声，始询葬所。父挽之曰：『子行，我告之：去丛葬处百余步，有子母白榆是也。』挽之甚急，竟不遑别母。门外有健仆，捉马待之。既超乘，父嘱曰：『日所宿处，有少资斧，可速办装归，向岳索妇；不得妇，勿休也。』锡九诺而行。马绝驶，鸡鸣至西安。仆扶下，方将拜致父母，而人马已杳。寻至旧宿处，倚壁假寐，以待天明。坐处有拳石碍股，晓而视之，白金也。市棺赁舆，寻双榆下，得父骨而归。

合厝既毕，家徒四壁。幸里中怜其孝，共饭之。将往索妇，自度不能用武，与族兄十九往。及门，门者绝之。十九素无赖，出语秽亵。周使人劝锡九归，愿即送女去，锡九还。初，女之归也，周对之骂婿及母，女不语，但向壁零涕。陈母死，亦不使闻。得离书，掷向女曰：『陈家出汝矣！』女曰：『我不曾悍逆，何为出我？』欲归质其故，又禁闭之。后锡九如西安，遂造凶讣以绝女志。此信一播，遂有杜中翰来议姻，竟许之。亲迎有日，女始知，遂泣不食，以被韬面，气如游丝。周正无法，忽闻锡九至，发语不逊，意料女必死，遂舁归锡九，意将待女死以泄其愤。锡九归，而送女者已至；

犹恐锡九见其病而不内，甫入门委之而去。邻里代忧，共谋异还；锡九不听，扶置榻上，而气已绝。始大恐。正遑迫间，周子率数人持械入，门窗尽毁。锡九逃匿，苦搜之。乡人尽为不平；十九纠十余人锐身急难，周子兄弟皆被夷伤[③]，始鼠窜而去。周益怒，讼于官，捕锡九、十九等。锡九将行，以女尸嘱邻媪，忽闻榻上若息，近视之，秋波微动矣，少时已能转侧。大喜，诣官自陈。宰怒周讼诬。周惧，啖以重赂始得免。锡九归，夫妻相见，悲喜交并。

先是，女绝食奄卧，自矢必死。忽有人捉起曰：『我陈家人也，速从我去，夫妻可以相见，不然无及矣！』不觉身已出门，两人扶登肩舆。顷刻至官廨，见公姑俱在，问：『此何所？』母曰：『不必问，容当送汝归。』一日，见锡九至，甚喜。一见遽别，心颇疑怪。公不知何事，恒数日不归。昨夕忽归，曰：『我在武夷，迟归二日，难为保儿矣，可速送儿归去。』遂以舆马送女。忽见家门，遂如梦醒。女与锡九共述曩事，相与惊喜。从此夫妻相聚，但朝夕无以自给。锡九于村中设童蒙帐，兼自攻苦，每私语曰：『父言天赐黄金，今四堵空空，岂训读[④]所能发迹耶？』

一日自塾中归，遇二人问之曰：『君陈某耶？』锡九曰：『然』。二人即出铁索絷之，锡九不解其故。少间村人毕集，共诘之，始知郡盗所牵。众怜其冤，醵钱赂役，途中得无苦。至郡见太夺，历述家世。太守愕然曰：『此名士之子，温文尔雅，乌能作贼！』命脱缧绁，取盗严梏之，始供为周某贿嘱，锡九又诉翁婿反面之由，太守更怒，立刻拘提。即延锡九至署，与论世好，盖太守旧邳宰韩公之子，即子言受业门人也。赠灯火之费以百金；又以二骡代步，使不时趋郡，以课文艺。转于各上官游扬其孝，自总制[⑤]而下皆有馈遗。锡九乘骡而归，夫妻慰甚。

一日，妻母哭至，见女伏地不起。女骇问之，始知周已被械在狱矣。女哀哭自咎，但欲觅死。锡九不得已，诣郡为之缓颊。太守释令自赎，罚谷一百石，批赐孝子陈锡九。放归出仓粟，杂糠秕而辇运之，锡九谓女曰：『尔翁以小人之心度君子矣。乌知我必受之，而琐琐杂糠覈耶？』因笑却之。锡九家虽小有，而垣墙陋蔽。一夜群盗入，仆觉大号，止窃两骡而去。后半年余，锡九夜读，闻挝门声，问之寂然。呼仆起视，则门一启，两骡跃入，乃向所亡也。直奔枥下，咻咻汗喘。烛之，各负革囊，解视则白镪满中。大异，不知其所自来。后闻是夜大盗劫周，盈装出，适防兵追急，委其捆载而去。骡认故主，径奔至家。

周自狱中归，刑创犹剧；又遭盗劫，大病而死。女夜梦父囚系而至，曰：『吾生平所为，悔已无及。今受冥谴，非若翁莫能解脱，为我代求婿，致一函焉。』醒而呜泣。诘之，具以告。锡九久欲一诣太行，即日遂发。既至，备牲物酹祝之，即露宿其处，冀有所见，终夜无异，遂归。周死，母子逾贫，仰给于次婿。王孝廉考补县尹，以墨败，举家徙沈阳，益无所归。锡九时顾恤之。

异史氏曰：善莫大于孝，鬼神通之，理固宜然。使为尚德之达人也者，即终贫，犹将取之，乌论后此之必昌哉？或以膝下之娇女，付诸颁白之叟，而扬扬曰：『某贵官，吾东床也。』呜呼！宛宛婴婴⑥者如故，而金龟婿以谕葬归，其惨已甚矣；而况以少妇从军乎？

注释

①邳：邳州，在今江苏邳县境内。

②榼：泛指盒类容器，此处指盛饭菜的食盒。

③夷伤：受创伤。夷，同『痍』。

④训读：讲解诵读，教学生读书。

⑤总制：总督。清代总督为地方最高长官，位列巡抚之上，专辖一省或二三省之军民要政，亦称制府、制军、制台。

⑥宛宛婴婴：指少妇。宛宛，犹婉婉，柔美的样子。婴婴指少女。

卷九

于去恶

北平陶圣俞，名下士[①]。顺治间赴乡试，寓居郊郭。偶出户，见一人负笈佢儴，似卜居未就者。略诘之，遂释负于道，相与倾语，言论有名士风。陶大说之，请与同居。客喜，携囊入，遂同栖止。客自言：『顺天人，姓于，字去恶。』以陶差长，兄之。

于性不喜游瞩，常独坐一室，而案头无书卷。陶不与谈，则默卧而已。陶疑之，搜其囊箧，则笔研之外更无长物。怪而问之，笑曰：『吾辈读书，岂临渴始掘井[②]耶？』一日就陶借书去，闭户抄甚疾，终日五十余纸，亦不见其折迭成卷。窃窥之，则每一稿脱，则烧灰吞之。愈益怪焉，诘其故，曰：『我以此代读耳。』便诵所抄书，倾刻数篇，一字无讹。陶悦，欲传其术，于以为不可。陶疑其吝，词涉诮让，于曰：『兄诚不谅我之深矣。欲不言，则此心无以自剖；骤言之，又恐惊为异怪。奈何？』陶固谓：『不妨。』于曰：『我非人，实鬼耳。今冥中以科目授官，七月十四日奉诏考帘官[③]，十五日士子入闱，月尽榜放矣。』陶问：『考帘官为何？』曰：『此上帝慎重之意，无论乌吏鳖官[④]，皆考之。能文者以内帘用，不通者不得与焉。盖阴之有诸神，犹阳之有守令也。得志诸公，目不睹坟、典[⑤]，不过少年持敲门砖，猎取功名，门既开则弃去，再司簿书十数年即文学士，胸中尚有字耶！阳世所以陋劣幸进，而英雄失志者，惟少此一考耳。』陶深然之，由是益加敬畏。一日自外来，有忧色，叹曰：『仆生而贫贱，自谓死后可免；不谓迍邅先生[⑥]相从地下。』陶请其故，曰：『文昌奉命都罗国封王，帘官之考遂罢。数十年游神耗鬼[⑦]，杂入衡文，吾辈宁有望耶？』陶问：『此辈

皆谁何人？』曰：『即言之，君亦不识。略举一二人，大概可知：乐正师旷、司库和峤⑧是也。仆自念命不可凭，文不可恃，不如休耳。』言已怏怏，遂将治任⑨。陶挽而慰之，乃止。

至中元之夕，谓陶曰：『我将入闱。烦于昧爽时，持香炷于东野。三呼去恶，我便至。』乃出门去。陶沽酒烹鲜以待之。东方既白，敬如所嘱。无何，于偕一少年来。问其姓字，于曰：『此方子晋，是我良友，适于场中相邂逅。闻兄盛名，深欲拜识。』同至寓，秉烛为礼。少年亭亭似玉，意度谦婉。陶甚爱之，便问：『子晋佳作，当大快意。』于曰：『言之可笑！闱中七则，作过半矣，细审主司姓名，裹具径出。奇人也！』陶扇炉进酒，因问：『闱中何题？去恶魁解⑩否？』于曰：『书艺、经论⑪各一，夫人而能之。策问⑫：「自古邪僻固多，而世风至今日，奸情丑态，愈不可名，不惟十八狱所不得尽，抑非十八狱所能容。是果何术而可？或谓宜量加一二狱，然殊失上帝好生之心。其宜增与、否与，或别有道以清其源，尔多士其悉言勿隐。」弟策虽不佳，颇为痛快。表：「拟天魔殄灭，赐群臣龙马⑬天衣有差。」次则《瑶台应制诗》、《西池桃花赋》。此三种，自谓场中无两矣！』言已鼓掌。方笑曰：『此时快心，放兄独步矣；数辰后，不痛哭始为男子也。』天明，方欲辞去。陶留与同寓，方不可，但期暮至。三日竟不复来，陶使于往寻之。于曰：『无须。子晋拳拳，非无意者。』日既西，方果来。出一卷授陶，曰：『三日失约。敬录旧艺百余作，求一品题。』陶捧读大喜，一句一赞，略尽一二首，遂藏诸笥。谈至更深，方遂留，与于共榻寝。自此为常。方无夕不至，陶亦无方不欢也。

一夕仓皇而入，向陶曰：『地榜已揭，于五兄落第矣！』于方卧，闻言惊起，泫然流涕。二人极意慰藉，涕始止。然相对默默，殊不可堪。方曰：『适闻大巡环张桓侯⑭将至，恐失志者之造言也；

不然，文场尚有翻覆。』于闻之色喜。陶询其故，曰：『桓侯翼德，三十年一巡阴曹，三十五年一巡阳世，两间之不平，待此老而一消也。』乃起，拉方俱去。两夜始返，方喜谓陶曰：『君不贺五兄耶？桓侯前夕至，裂碎地榜，榜上名字，止存三之一。遍阅遗卷，得五兄甚喜，荐作交南巡海使，旦晚舆马可到。』陶大喜，置酒称贺。酒数行，于问陶曰：『君家有闲舍否？』问：『将何为？』曰：『子晋孤无乡土，又不忍恝然于兄。弟意欲假馆相依。』陶喜曰：『如此，为幸多矣。即无多屋宇，同榻何碍。但有严君，须先关白。』于曰：『审知尊大人慈厚可依。兄场闱有日，子晋如不能待，先归何如？』陶留伴逆旅，以待同归。

次日方暮，有车马至门，接于莅任。于起，握手曰：『从此别矣。一言欲告，又恐阻锐进之志。』问：『何言？』曰：『君命淹蹇，生非其时。此科之分十之一；后科桓侯临世，公道初彰，十之三；三科始可望也。』陶闻欲中止。于曰：『不然，此皆天数。即明知不可，而注定之艰若，亦要历尽耳。』又顾方曰：『勿淹滞，今朝年、月、日、时皆良，即以舆盖送君归。仆驰马自去。』方忻然拜别。陶中心迷乱，不知所嘱，但挥涕送之。见舆马分途，顷刻都散。始悔子晋北旋，未致一字，而已无及矣。

三场毕，不甚满志，奔波而归。入门问子晋，家中并无知者。因为父述之，父喜曰：『若然，则客至久矣。』先是陶翁昼卧，梦舆盖止于其门，一美少年自车中出，登堂展拜。讶问所来，答云：『大哥许假一舍，以入闱不得偕来。我先至矣。』言已，请入拜母。翁方谦却，适家媪入曰：『夫人产公子矣。』恍然而醒，大奇之。是日陶言，适与梦符，乃知儿即子晋后身也。父子各喜，名之小晋。儿初生，善夜啼，母苦之。陶曰：『倘是子晋，我见之，啼当止。』俗忌客忤，故不令陶见。母患啼不可耐，乃

呼陶入。陶呜之曰：『子晋勿尔！我来矣！』儿啼正急，闻声辍止，停睇不瞬，如审顾状。陶摩顶而去。自是竟不复啼。数月后，陶不敢见之，一见则折腰索抱，走去则啼不可止。陶亦狎爱之。四岁离母，辄就兄眠；兄他出，则假寐以俟其归。兄于枕上教毛诗，诵声呢喃，夜尽四十余行。以子晋遗文授之，欣然乐读，过口成诵；试之他文不能也。八九岁眉目朗彻，宛然一子晋矣。

陶两入闱，皆不第。丁酉，文场事发，帘官多遭诛遣，贡举之途一肃，乃张巡环力也。陶下科中副车，寻贡。遂灰志前途，隐居教弟。尝语人曰：『吾有此乐，翰苑不易也。』

异史氏曰：余每至张夫子庙堂，瞻其须眉，凛凛有生气。又其生平喑哑如霹雳声，矛马所至，无不大快，出人意表。世以将军好武，遂置与绛，灌伍，宁知文昌事繁，须侯固多哉！呜呼！三十五年，来何暮也！

王阮亭云：『数科来关节公行，非唉名即垄断，脱有桓侯，亦无如何矣。悲哉！』

注释

①名下士：名下之士，有盛名之士。

②临渴始掘井：喻事到临头才开始做准备。《素问·四气调神大论》：『夫病已成而后药之，乱已成而后治之，譬犹渴而穿井，斗而铸锥，不亦晚乎。』

③帘官：明清科举考试中对乡、会试考场内的考官的统称。考试期间，贡院至公堂后的内龙门，由监临封锁，并在门外挂帘。考场内的官员根据工作性质分别住在帘内和帘外，故分为内帘官和外帘官。外帘官管理考场中的各项事务，内帘官主要职责为阅卷。

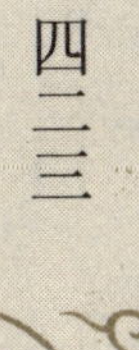

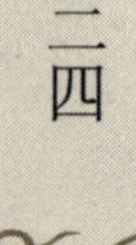

④乌吏鳖官：此处指骂官场的粗话。

⑤坟、典：即『三坟五典』。《左传·昭公十二年》：『是能读三坟五典八索九丘。』

⑥迍邅先生：这是拟人化的说法，犹言『倒霉鬼』。迍邅，难行貌，喻时运不佳。

⑦耗鬼：原指耗乱不明的鬼，此处比喻糊涂的考官。耗，耗乱不明。《汉书·景帝纪》诏：『不事官职耗乱者，丞相以闻，请其罪。』师古曰：『耗，不明也，读如眊同。』

⑧乐正师旷、司库和峤：乐正，官名，乐官之长。师旷，春秋时晋国的乐师，天生目盲，但辨音能力很强。司库，主管钱库之官。和峤，晋人，家财万贯而贪婪吝啬，杜预说他有钱癖。此处用此二人比喻考官有眼无珠，贪财受贿。

⑨治任：整理行装，准备离去。《孟子·滕文公上》：『门人治任将归。』注：『任，担也。』疏：『担于肩者，载于车者，通谓之任。』

⑩魁解：科举乡试中式第一名。魁，经魁。唐代科举制度，进士由多而贡曰解。明代科举以『五经』取士，每经各取第一名叫『经魁』，故前五名称『五经魁』或『五魁』。明清乡试亦称『解试』，乡试第一名称为『解元』。魁、解，此处作取得魁首、解元之意。

⑪书艺、经论：旧时科举制度的考试内容，根据『四书』所出的八股文试题叫『书艺』；根据『五经』所出的八股文试题叫『经论』或『经义』。

⑫策问：旧时科举制度的考试内容，亦称『策论』，为结合时事时政之对策问答。

⑬龙马：骏马，宝马。《周礼·天官·庚人》：『马八尺以上为龙，七尺以上为騋，六尺以上为马。』

⑭大巡环张桓侯：三国时蜀汉名将张飞。张飞，字益德，死后谥号桓侯。大巡环，作者虚拟的官名，取巡回视察之意。

凤仙

刘赤水，平乐①人，少颖秀，十五入郡庠。父母早亡，遂以游荡自废。家不中资，而性好修饰，衾榻皆精美。一夕被人招饮，忘灭烛而去。酒数行始忆之，急返。闻室中小语，伏窥之，见少年拥丽者眠榻上。宅临贵家废第，恒多怪异，心知其狐，亦不恐，入而叱曰：『卧榻岂容鼾睡！』二人遑遽，抱衣赤身遁去。遗紫绔裤一，带上系针囊。大悦，恐其窃去，藏衾中而抱之。俄一蓬头婢自门罅入，向刘索取。刘笑要偿。婢请遗以酒，不应；赠以金，又不应。婢笑而去。旋返曰：『大姑言：如赐还，当以佳偶为报。』刘问：『伊谁？』曰：『吾家皮姓，大姑小字八仙，共卧者胡郎也；二姑水仙，适富川②丁官人；三姑凤仙，较两姑尤美，自无不当意者。』刘恐失信，请坐待好音。婢去复返曰：『大姑寄语官人：好事岂能猝合？适与之言，反遭诟厉；但缓时日以待之，吾家非轻诺寡信者。』刘付之。

过数日渺无信息。薄暮自外归，闭门甫坐，忽双扉自启，两人以被承女郎，手捉四角而入，曰：『送新人至矣！』笑置榻上而去。近视之，酣睡未醒，酒气犹芳，赪颜醉态，倾绝人寰。喜极，为之捉足解袜，抱体缓裳。而女已微醒，开目见刘，四肢不能自主，但恨曰：『八仙淫婢卖我矣！』刘狎抱之。女嫌肤冰，微笑曰：『今夕何夕，见此良人③！』刘曰：『子兮子兮，如此凉人何！』遂相欢爱。既而曰：『婢子无耻，玷人床寝，而以妾换裤耶！必小报之！』

从此无夕不至，绸缪甚殷。袖中出金钏一枚，曰：『此八仙物也。』又数日，怀绣履一双来，珠嵌金绣，工巧殊绝，且嘱刘暴扬之。刘出夸示亲宾，求观者皆以资酒为贽，由此奇货居之。女夜来，作别语。怪问之，答云：『姊以履故恨妾，欲携家远去，隔绝我好。』刘惧，愿还之。女云：『不必，彼方以此挟妾，如还之，中其机矣。』刘问：『何不独留？』曰：『父母远去，一家十余口，俱托胡郎经纪，若不从去，恐长舌妇④造黑白也。』从此不复至。

逾二年，思念綦切。偶在途中，遇女郎骑款段马，老仆鞚之，摩肩过；反启障纱相窥，丰姿艳艳。顷，一少年后至，曰：『女子何人？似颇佳丽。』刘亟赞之。少年拱手笑曰：『太过奖矣！此即山荆也。』刘惶愧谢过。少年曰：『何妨。但南阳三葛，君得其龙⑤，区区者又何足道！』刘疑其言。少年曰：『君不认窃眠卧榻者耶？』刘始悟为胡。叙僚婿之谊，嘲谑甚欢。少年曰：『岳新归，将以省觐，可同行否？』刘喜，从入萦山。

山上故有邑人避乱之宅，女下马入。少间，数人出望，曰：『刘官人亦来矣。』入门谒见翁妪。又一少年先在，靴袍炫美。翁曰：『此富川丁婿。』并揖就坐。少时，酒炙纷纶，谈笑颇洽。翁曰：『今日三婿并临。可称佳集。又无他人，可唤儿辈来。作一团圞之会。』俄，姊妹俱出，翁命设坐，各傍其婿。八仙见刘，惟掩口而笑；凤仙辄与嘲弄；水仙貌少亚，而沉重温克，满座倾谈，惟把酒含笑而已。于是履舄交错，兰麝熏人，饮酒乐甚。刘视床头乐具毕备，遂取玉笛，请为翁寿。翁喜，命善者各执一艺，因而合座争取，惟丁与凤仙不取。八仙曰：『丁郎不谙可也，汝宁指屈不伸者？』因以拍板掷凤仙怀中，便串繁响。翁悦曰：『家人之乐极矣！儿辈俱能歌舞，何不各尽所长？』八仙起，

捉水仙曰：『凤仙从来金玉其音，不敢相劳；我二人可歌《洛妃》一曲。』二人歌舞方已，适婢以金盘进果，都不知其何名。翁曰：『此自真腊[6]携来，所谓「田婆罗」也。』因掬数枚送丁前。凤仙不悦曰：『婿岂以贫富为爱憎耶？』翁微哂不言。八仙曰：『阿爹以丁郎异县，故是客耳。若论长幼，岂独凤妹妹有拳大酸婿耶？』凤仙终不快，解华妆，以鼓拍授婢，唱《破窑》一折，声泪俱下；既阕，拂袖径去，一座为之不欢。八仙曰：『婢子乔性犹昔。』乃追之，不知所往。

刘无颜，亦辞而归。至半途见凤仙坐路旁，呼与并坐，曰：『君一丈夫，不能为床头人吐气耶？黄金屋自在书中，愿好为之。』举足云：『出门匆遽，棘刺破复履矣，所赠物，在身边否？』刘出之，女取而易之。刘乞其敝者，辗然曰：『君亦大无赖矣！几见自己衾枕之物，亦要怀藏者？如相见爱，一物可以相赠。』旋出一镜付之曰：『欲见妾，当于书卷中觅之；不然，相见无期矣。』言已不见。怊怅而归。视镜，则凤仙背立其中，如望去人于百步之外者。因念所嘱，谢客下帷。一日见镜中人忽现正面，盈盈欲笑，益重爱之。无人时，辄以共对。月余锐志渐衰，游恒忘返。归见镜影，惨然若涕；隔日再视，则背立如初矣：始悟为己之废学也。乃闭户研读，昼夜不辍；月余则影复向外。自此验之：每有事荒废，则其容戚；数日攻苦，则其容笑。于是朝夕悬之，如对师保。如此二年，一举而捷。喜曰：『今可以对我凤仙矣！』揽镜视之，见画黛弯长，瓠犀微露，喜容可掬，宛在目前。爱极，停睇不已。忽镜中人笑曰：『「影里情郎，画中爱宠」，今之谓矣。』惊喜四顾，则凤仙已在座右。握手问翁媪起居，曰：『妾别后不曾归家，伏处岩穴，聊与君分苦耳。』刘赴宴郡中，女请与俱；共乘而往，人对面不相窥。既而将归，阴与刘谋，伪为娶于郡也者。女既归，始出见客，经理家政。人皆惊其美，而不知其狐也。

刘属富川令门人，往谒之。遇丁，殷殷邀至其家，款礼优渥，言：『岳父母近又他徙。内人归宁，将复。当寄信往，并诣申贺。』刘初疑丁亦狐，及细审邦族，始知富川大贾子也。初，丁自别业暮归，遇水仙独步，见其美，微睨之。女请附骥以行。丁喜，载至斋，与同寝处。棂隙可入，始知为狐。女言：『郎勿见疑。妾以君诚笃，故愿托之。』丁嬖之。竟不复娶。

刘归，假贵家广宅，备客燕寝，洒扫光洁，而苦无供帐；隔夜视之，则陈设焕然矣。过数日，果有三十余人，赍旗采酒礼而至，舆马缤纷，填溢阶巷。刘揖翁及丁、胡入客舍，风仙逆妪及两姨入内寝。八仙曰：『婢子今贵，不怨冰人矣。钏履犹存否？』女搜付之，曰：『履则犹是也，而被千人看破矣。』八仙以履击背，曰：『挞汝寄于刘郎。』乃投诸火，祝曰：『新时如花开，旧时如花谢；珍重不曾着，嫦娥来相借。』水仙亦代祝曰：『曾经笼玉笋，着出万人称；若使姮娥见，应怜太瘦生。』凤仙拨火曰：『夜夜上青天，一朝去所欢；留得纤纤影，遍与世人看。』遂以灰捻拌中，堆作十余分，望见刘来，托以赠之。但见绣履满柈，悉如故款。八仙急出，推柈堕地；地上犹有一二只存者，又伏吹之，其迹始灭。次日，丁以道远，夫妇先归。八仙贪与妹戏，翁及胡屡督促之，亭午始出，与众俱去。

初来、仪从过盛，观者如市，有两寇窥见丽人，魂魄丧失，因谋劫诸途。侦其离村，尾之而去。相隔不盈一尺，马极奔不能及。至一处，两崖夹道，舆行稍缓；追及之，持刀吼咤，人众都奔。下马启帘，则老妪坐焉。方疑误掠其母；才他顾，而兵伤右臂，顷已被缚。凝视之，崖并非崖，乃平乐城门也；舆中则李进士母，自乡中归耳。一寇后至，亦被断马足而絷之。门丁执送太守，一讯而伏。时有大盗未获，诘之，即其人也。

明春，刘及第。凤仙以招祸，故悉辞内戚之贺。刘亦更不他娶。及为郎官，纳妾，生二子。

异史氏曰：嗟乎！冷暖之态，仙凡固无殊哉！『少不努力，老大徒伤』。惜无好胜佳人，作镜影悲笑耳。吾愿恒河沙数⑦仙人，并遣娇女婚嫁人间，则贫穷海中，少苦众生矣。

注释

①平乐：旧县名，在今广西壮族自治区。

②富川：旧县名，在今广西平乐县东北。

③今夕何夕，见此良人：写男女相会喜不自禁之情。《诗·唐风·绸缪》：『今夕何夕，见此良人。子兮子兮，如此良人何。』

④长舌妇：爱说闲话的女人。《诗·大雅·瞻卬》：『妇有长舌，维厉之阶。』笺：『长舌喻多言语』。

⑤南阳三葛，君得其龙：此处指刘赤水得到的是皮氏三姊妹中最美的。南阳三葛，指三国时诸葛亮、诸葛瑾、诸葛诞兄弟三人。这兄弟三人有才名，分别仕于蜀、吴、魏。《世说新语·品藻》载：『于时以为：蜀得其龙，吴得其虎，魏得其狗。』南阳，郡名，在今河南省南阳市。

⑥真腊：古国名，即今柬埔寨。

⑦恒河沙数：形容数量多得无法计算。

爱奴

河间徐生，设教于恩。腊初归，途遇一叟，审视曰：『徐先生撤帐矣。明岁授教何所？』答曰：『仍旧。』叟曰：『敬业姓施。有舍甥延求明师，适托某至东疃聘吕子廉，渠已受贽稷门。君如苟就①，束仪②请倍于恩。』徐以成约为辞。叟曰：『信行君子也。然去新岁尚远，敬以黄金一两为贽，暂留教之，明岁另议何如？』徐可之。叟下骑呈礼函，且曰：『敝里不遥矣。宅綦隘，饲畜为艰，请即遣仆马去，散步亦佳。』徐从之，以行李寄叟马上。

行三四里许，日既暮，始抵其宅，沤钉兽环，宛然世家。呼甥出拜，十三四岁童子也。叟曰：『妹夫蒋南川，旧为指挥使。止遗此儿，颇不钝，但娇惯耳。得先生一月善诱，当胜十年。』未几设筵，备极丰美，而行酒下食，皆以婢媪。一婢执壶侍立，年约十五六，风致韵绝，心窃动之。席既终，叟命安置床寝，始辞而去。

天未明，儿出就学。徐方起，即有婢来捧巾侍盥，即执壶人也。日给三餐悉此婢，至夕又来扫榻。徐问：『何无僮仆？』婢笑不言，布衾径去。次夕复至。入以游语，婢笑不拒，遂与狎。因告曰：『吾家并无男子，外事则托施舅。妾名爱奴。夫人雅敬先生，恐诸婢不洁，故以妾来。今日但须缄密，恐发觉，两无颜也。』一夜共寝忘晓，为公子所遭，徐惭怍不自安。至夕婢来曰：『幸夫人重君，不然败矣！公子入告，夫人急掩其口，若恐君闻。但戒妾勿得久留斋馆而已。』言已遂去。徐甚德之。

然公子不善读，诃责之，则夫人辄为缓颊。初犹遣婢传言；渐亲出，隔户与先生语，往往零涕。顾每晚必问公子日课③。徐颇不耐，作色曰：『既从儿懒，又责儿工，此等师我不惯作！请辞。』夫人遣婢谢过，徐乃止。自入馆以来，每欲一出登眺，辄锢闭之。一日醉中怏闷，呼婢问故。婢言：『无他，恐废学耳。如必欲出，但请以夜。』徐怒曰：『受人数金，便当淹禁死耶！教我夜窜何之乎？久以素食

为耻，赀固犹在囊耳。』遂出金置几上，治装欲行。夫人出，脉脉不语，惟掩袂哽咽，使婢返金，启钥送之。徐觉门户逼侧；走数步，目光射入，则身自陷冢中出，四望荒凉，一古墓也。大骇。然心感其义，乃卖所赐金，封堆植树而去。

过岁复经其处，展拜而行。遥见施叟，笑致温凉，邀之殷切。心知其鬼，而欲一问夫人起居，遂相将入村，沽酒共酌。不觉日暮，叟起偿酒价，便言：『寒舍不远，舍妹亦适归宁，望移玉趾，为老夫祓除不祥④。』出村数武，又一里落，叩扉入，秉烛向客。俄，蒋夫人自内出，始审视之，盖四十许丽人也。拜谢曰：『式微之族，门户零落，先生泽及枯骨，真无计可以偿之。』言已泣下。既而呼爱奴，向徐曰：『此婢，妾所怜爱，今以相赠，聊慰客中寂寞。凡有所须，渠亦略能解意。』徐唯唯。少间兄妹俱去，婢留侍寝。鸡初鸣，叟即来促装送行；夫人亦出，嘱婢善事先生。又谓徐曰：『从此尤宜谨秘，彼此遭逢诡异，恐好事者造言也。』徐诺而别，与婢共骑。至馆独处一室，与同栖止。或客至，婢不避，人亦不之见也。偶有所欲，意一萌而婢已致之。又善巫，一挼挲而痾立愈。清明归，至墓所，婢辞而下。徐嘱代谢夫人。曰：『诺。』遂没。数日返，方拟展墓，见婢华妆坐树下，因与俱发。终岁往还，如此为常。欲携同归，执不可。岁杪辞馆归，相订后期。婢送至前坐处，指石堆曰：『此妾墓也。夫人未出阁时，便从服役，夭殂瘗此。如再过以炷香相吊，当得复会。』

别归，怀思颇苦，敬往祝之，殊无影响。乃市榇发冢，意将载骨归葬，以寄恋慕。穴开自入，则见颜色如生。肤虽未朽，衣败若灰；头上玉饰金钏都如新制。又视腰间，裹黄金数铤，卷怀之。始解袍覆尸，抱入材内，赁舆载归；停诸别第，饰以绣裳，独宿其旁，冀有灵应。忽爱奴自外入，笑曰：『劫

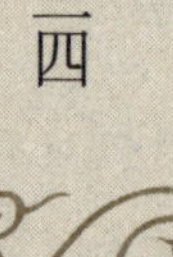

坟贼在此耶！』徐惊喜慰问。婢曰：『向从夫人往东昌，三日既归，则舍宇已空。频蒙相邀，所以不肯相从者，以少受夫人重恩，不忍离逖耳。今既劫我来，即速瘗葬便见厚德。』徐问：『有百年复生者，今芳体如故，何不效之？』叹曰：『此有定数。世传灵迹，半涉幻妄。要欲复起动履，亦复何难？但不能类生人，故不必也。』乃启棺入，尸即自起，亭亭可爱。探其怀，则冷若冰雪。遂将入棺复卧，徐强止之，婢曰：『妾过蒙夫人宠，主人自异域来，得黄金数万，妾窃取之，亦不甚追问。后濒危，又无戚属，遂藏以自殉。夫人痛妾夭谢，又以宝饰入殓。身所以不朽者，不过得金宝之余气耳。若在人世，岂能久乎？必欲如此，切勿强以饮食；若使灵气一散，则游魂亦消矣。』徐乃构精舍，与共寝处。笑语一如常人；但不食不息，不见生人。年余徐饮薄醉，执残沥⑤强灌之，立刻倒地，口中血水流溢，终日而尸已变。哀悔无及，厚葬之。

异史氏曰：夫人教子，无异人世，而所以待师者何厚也！不亦贤乎！余谓艳尸不如雅鬼，乃以措大之俗莽，致灵物不享其长年，惜哉！

章丘朱生，索刚鲠，设帐于某贡士家。每谴弟子，内辄遣婢为乞免，不听。一日，亲诣窗外，与朱关说。朱怒，执界方，大骂而出。妇惧而奔；朱追之，自后横市臀股，锵然作皮肉声。令人笑绝！

长山某，每延师，必以一年束金，合终岁之虚盈，计每日得如干数；又以师离斋、归斋之日，详记为籍，岁终，则公同按日而乘除之。马生馆其家，初见操珠盘⑥来，得故甚骇；既而暗生一术，反嗔为喜，听其复算不少校。翁大悦，坚订来岁之约。马辞以故。遂荐一生乖谬者自代。及就馆，动辄诟骂，翁无奈，悉含忍之。岁杪携珠盘至，生勃然忿极，姑听其算。翁又以途中日尽归于两，生不受，拨珠归东[7]。两争不决，操戈相向，两人破头烂额而赴公庭焉。

注释

①苟就：屈就，敬辞。

②束仪：束脩。旧时亲友之间互相赠献的礼物，后专指学生向老师致送的酬金。

③日课：每天按照规定所学的课业。

④祓除不祥：古时在年初时为了除灾求福所举行的一种祭仪。

⑤残沥：剩酒。沥，清酒。

⑥珠盘：算盘。

⑦东：东家，旧时塾师对主人的称呼。

小梅

蒙阴[1]王慕贞，世家子也。偶游江浙，见媪哭于途，诘之。言：『先夫止遗一子，今犯死刑，谁有能出之者？』王素慷慨，志其姓名，出橐南中金为之斡旋[2]，竟释其罪。其人出，闻王之救己也，茫然不解其故；访诣旅邸，感泣谢问。王曰：『无他，怜汝母老耳。』其人大骇曰：『母故已久，』王亦异之。抵暮媪来申谢，王咎其谬诬，媪曰：『实相告：我东山老狐也。二十年前，曾与儿父有一夕之好，故不忍其鬼之馁也。』王悚然起敬，再欲诘之，已杳。

先是，王妻贤而好佛，不茹荤酒，治洁室，悬观音像，以无子，日日焚祷其中。而神又最灵，辄

示梦，教人趋避，以故家中事皆取决焉。后有疾綦笃，移榻其中；又别设锦裀于内室而扃其户，若有所伺。王以为惑，而以其疾势昏瞀，不忍伤之。卧病二年，恶嚣，常屏人独寝。潜听之似与人语，启门视之又寂然。病中他无所虑，有女十四岁，惟日催治装遣嫁。既醮，呼王至榻前，执手曰：『今诀矣！初病时，菩萨告我，命当速死；念不了者，幼女未嫁，因赐少药，俾延息以待。去岁，菩萨将回南海，留案前侍女小梅，为妾服役。今将死，薄命人又无所出。保儿，专所怜爱，恐娶悍怒之妇，令其子母失所。小梅姿容秀美，又温淑，即以为继室可也。』盖王有妾生一子，名保儿。王以其言荒唐，曰：『卿素敬者神，今出此言，不已亵乎？』答云：『小梅事我年余，相忘形骸，我已婉求之矣。』问：『小梅何处？』曰：『室中非耶？』方欲再诘，闭目已逝。

王夜守灵帏③，闻室中隐隐啜泣，大骇，疑为鬼。唤诸婢妾启钥视之，则二八丽者㹞服在室。众以为神，共罗拜之，女敛涕扶掖。王凝注之，俯首而已。王曰：『如果亡室之言非妄，请即上堂，受儿女朝谒；如其不可，仆亦不敢妄想，以取罪过。』女腼然出，竟登北堂，王使婢为设坐南向，王先拜，女亦答拜；下而长幼卑贱，以次伏叩，女庄容坐受，惟妾至则挽之。自夫人卧病，婢惰奴偷，家久替。众参已，肃肃列侍。女曰：『我感夫人盛意，羁留人间，又以大事相委，汝辈宜各洗心，为主效力，从前愆尤，悉不计校。不然，莫谓室无人也！』共视座上，真如悬观音图像，时被微风吹动。闻言悚惕，哄然并诺。女乃排拨丧务，一切井井，由是大小无敢懈者。女终日经纪内外，王将有作，亦禀白而行；然虽一夕数见，并不交一私语。

既殡，王欲申前约，不敢径告，嘱妾微示意。女曰：『妾受夫人谆嘱，义不容辞；但匹配大礼，不得草草。年伯黄先生位尊德重，求使主秦晋之盟[4]，则惟命是听。』时沂水黄太仆致仕闲居，于王为父执[5]，往来最善。王即亲诣，以实告。黄奇之，即与同来。女闻，即出展拜。黄一见，惊为天人，逊谢不敢当礼；既而助妆优厚，成礼乃去。女馈遗枕履，若奉舅姑，由此交益亲。

合卺后，王终以神故，亵中带肃，时研诘菩萨起居。女笑曰：『君亦太愚，焉有正直之神[6]，而下婚尘世者？』王力审所自。女曰：『不必研穷，既以为神，朝夕供养，自无殃咎。』女御下常宽，非笑不语；然婢贱戏狎时，遥见之，则默默无声。女笑谕曰：『岂尔辈尚以我为神耶？我何神哉！实为夫人姨妹，少相交好；姊病见思，阴使南村王姥招我来。第以日近姊夫，有男女之嫌，故托为神道，闭内室中，其实何神！』众犹不信。而日侍边傍，见其举动，不少异于常人，浮言渐息。然即顽奴钝婢，王素挞楚所不能化者，女一言无不乐于奉命。皆云：『并不自知。实非畏之；但睹其貌，则心自柔，故不忍拂其意耳。』以此百废具举。数年中，田地连阡，仓廪万石矣。

又数年，妾产一女。女生一子——子生，左臂有朱点，因字小红。弥月[7]，女使王盛筵招黄。黄贺仪丰渥，但辞以耄，不能远涉；女遣两媪强邀之，黄始至。抱儿出，祖其左臂，以示命名之意。又再三问其吉凶。黄笑曰：『此喜红也，可增一字，名喜红。』女大悦，更出展叩。是日，鼓乐充庭，贵戚如市。

黄留三日始去。忽门外有舆马来，逆女归宁。向十余年，并无瓜葛，共议之，而女若不闻。理妆竟，抱子于怀，要王相送，王从之。至二三十里许，寂无行人，女停舆，呼王下骑，屏人与语，曰：『王郎王郎，会短离长，谓可悲否？』王惊问故，女曰：『君谓妾何人也？』答曰：『不知。』女曰：『江南拯一死罪，有之乎？』曰：『有。』曰：『哭于路者吾母也，感义而思所报。乃因夫人好佛，附为神道，实将以妾报君也。今幸生此襁褓物，此愿已慰。妾视君晦运将来，此儿在家，恐不能育，故借归宁，解儿危难。君记取家有死口时，当于晨鸡初唱，诣西河柳堤上，见有挑葵花灯来者，遮道苦求，可免灾难。』王曰：『诺。』因讯归期，女云：『不可预定。要当牢记吾言，后会亦不远也。』临别，执手怆然交涕。俄登舆，疾若风。王望之不见，始返。经六七年，绝无音问。忽四乡瘟疫流行，死者甚众，一婢病三日死，王念曩嘱，颇以关心。是日与客饮，大醉而睡。既醒闻鸡鸣，急起至堤头，见灯光闪烁，适已过去。急追之，止隔百步许，愈追愈远，渐不可见，懊恨而返。数日暴病，寻卒。

王族多无赖，共凭陵其孤寡，田禾树木，公然伐取，家日陵替。逾岁，保儿又殇，一家更无所主。族人益横，割裂田产，厩中牛马俱空；又欲瓜分第宅。以妾居故，遂将数人来，强夺鬻之。妾恋幼女，母子环泣，惨动邻里。方危难间，俄闻门外有肩舆入，共觇，则女引小郎自车中出。四顾人纷如市，问：『此何人？』妾哭诉其由。女颜色惨变，便唤从来仆投，关门下钥。众欲抗拒，而手足若痿。女令一一收缚，系诸廊柱，日与薄粥三瓯。即遣老仆奔告黄公，然后入室哀泣。泣已，谓妾曰：『此天数也。已期前月来，适以母病耽延，遂至于今。不谓转盼间已成丘墟！』问旧时婢媪，则皆被族人掠去，又益欷歔。越日，婢仆闻女至，皆自遁归，相见无不流涕。所絷族人，共噪儿非慕贞体胤，女亦不置辩，既而黄公至，女引儿出迎。黄握儿臂，便捋左袂，见朱记宛然，因袒示众人以证其确。乃细审失物，登簿记名，亲诣邑令。令拘无赖辈，各笞四十，械禁严追；不数日，田地马牛悉归故主。黄将归，女引儿泣拜曰：『妾非世间人，叔父所知也。今以此子委叔父矣。』黄曰：『老夫一息尚在，

无不为区处[8]。』黄去，女盘查就绪，托儿于妾，乃具馔为夫祭扫，半日不返。视之，则杯馔犹陈，而人杳矣。

异史氏曰：不绝人嗣者，人亦不绝其嗣，此人也而实天也。至座有良朋，车裘可共，迨宿莽既滋，妻子陵夷，则车中人望望然去之矣。死友而不忘，感恩而思所报，独何人哉！狐乎！倘尔多财，吾为尔宰[9]。

注释

①蒙阴：县名，在今山东省蒙阴县。

②斡旋：扭转，从中调解。

③灵帏：遮隔灵床的帐幔。

④秦晋之盟：春秋时秦晋两国世代通婚，后因以『秦晋』称两姓联姻之好。

⑤父执：父亲的挚友。泛指父辈至交。

⑥正直之神：古人认为神仙聪明正直，且始终如一。《左传·庄公三十一年》：『史嚚曰：神，聪明正直而一者也。』

⑦弥月：指婴儿出生满月之庆。

⑧区处：安排料理。

⑨宰：管家。

张鸿渐

张鸿渐，永平[①]人。年十八为郡名士。时卢龙令赵某贪暴，人民共苦之。有范生被杖毙，同学忿其冤，将鸣部院，求张为刀笔之词[②]，约其共事。张许之。妻方氏美而贤，闻其谋，谏曰：『大凡秀才作事，可以共胜，而不可以共败：胜则人人贪天功[③]，一败则纷然瓦解，不能成聚。今势力世界，曲直难以理定；君又孤，脱有翻覆，急难[④]者谁也！』张服其言，悔之，乃宛谢诸生，但为创词而去。质审一过，无所可否。赵以巨金纳大僚，诸生坐结党被收，又追捉刀人[⑤]。张惧亡去，至凤翔界，资斧断绝。日既暮，踟躇旷野，无所归宿。欻睹小村，趋之。老妪方出阖扉，见生，问所欲为。张以实告，妪曰：『饮食床榻，此都细事；但家无男子，不便留客。』张曰：『仆亦不敢过望，但容寄宿门内，得避虎狼足矣。』妪乃令入，闭门，授以草荐，嘱曰：『我怜客无归，私容止宿，未明宜早去，恐吾家小娘子闻知，将便怪罪。』

妪去，张倚壁假寐。忽有笼灯晃耀，见妪导一女郎出。张急避暗处，微窥之，二十许丽人也。及门见草荐，诘妪。妪实告之，女怒曰：『一门细弱，何得容纳罪人！』即问：『其人焉往？』张惧出伏阶下。女审诘邦族，色稍霁，曰：『幸是风雅士，不妨相留。然老奴竟不关白，此等草草，岂所以待君子。』命妪引客入舍。俄顷罗酒浆，品物精洁；既而设锦裀于榻。张甚德之。因私询其姓氏。妪曰：『吾家施氏，太翁夫人俱谢世，止遗三女。适所见长姑舜华也。』妪去。张视几上有《南华经注》，因取就枕上伏榻翻阅，忽舜华推扉入。张释卷，搜觅冠履。女即榻捺坐曰：『无须，无须！』因近榻坐，腆然曰：『妾以君风流才士，欲以门户相托，遂犯瓜李之嫌[⑥]。得不相遐弃否？』张皇然不知所对，

但云：『不相诳，小生家中固有妻耳。』女笑曰：『此亦见君诚笃，顾亦不妨。既不嫌憎，明日当烦媒妁。』言已欲去。张探身挽之，女亦遂留。未曙即起，以金赠张曰：『君持作临眺之资；向暮宜晚来。恐旁人所窥。』张如其言，早出晏归，半年以为常。

一日归颇早，至其处，村舍全无，不胜惊怪。方徘徊间，闻妪云：『来何早也！』一转盼间，则院落如故，身固已在室中矣，益异之。舜华自内出，笑曰：『君疑妾耶？实对君言：妾，狐仙也，与君固有夙缘。如必见怪，请即别。』张恋其美，亦安之。夜谓女曰：『卿既仙人，当千里一息耳。小生离家三年，念妻孥不去心，能携我一归乎？』女似不悦，曰：『琴瑟之情，妾自分于君为笃；君守此念彼，是相对绸缪者皆妄也！』张谢曰：『卿何出此言。谚云：「一日夫妻，百日恩义。」后日归念卿时，亦犹今日之念彼也。设得新忘故，卿何取焉？』女乃笑曰：『妾有褊心，于妾愿君之不忘，于人愿君之忘之也。然欲暂归，此复何难：君家咫尺耳。』遂把袂出门，见道路昏暗，张逡巡不前。女曳之走，无几时，曰：『至矣。君归，妾且去。』张停足细认，果见家门。逾垝垣入，见室中灯火犹荧，近以两指弹扉，内问为谁，张具道所来。内秉烛启关，真方氏也。两相惊喜。握手入帷。见儿卧床上，慨然曰：『我去时儿才及膝，今身长如许矣！』夫妇依倚，恍如梦寐。张历述所遭。问及讼狱，始知诸生有瘐死者，有远徙者，益服妻之远见。方纵体入怀，曰：『君有佳偶，想不复念孤衾中有零涕人矣！』张曰：『不念，胡以来也？我与彼虽云情好，终非同类；独其恩义难忘耳。』方曰：『君以我何人也？』张审视竟非方氏，乃舜华也。以手探儿，一竹夫人[7]耳。大惭无语。女曰：『君心可知矣！分当自此绝矣，犹幸未忘恩义，差足自赎。』

过二三日，忽曰：『妾思痴情恋人，终无意味。君日怨我不相送，今适欲至都，便道可以同去。』乃向床头取竹夫人共跨之，令闭两眸，觉离地不远，风声飕飕。移时寻落，女曰：『从此别矣。』方将订嘱，女去已渺。怅立少时，闻村犬鸣吠，苍茫中见树木屋庐，皆故里景物，循途而归。逾垣叩户，宛若前状。方氏惊起，不信夫归；诘证确实，始挑灯呜咽而出。既相见，涕不可仰。张犹疑舜华之幻弄也；又见床卧一儿如昨夕，因笑曰：『竹夫人又携入耶？』方氏不解，变色曰：『妾望君如岁，枕上啼痕固在也。甫能相见，全无悲恋之情，何以为心矣！』张察其情真，始执臂欷歔，具言其详。问讼案所结，并如舜华言。方相感慨，闻门外有履声，问之不应。盖里中有恶少甲，久窥方艳，是夜自别村归，遥见一人逾垣去，谓必赴淫约者，尾之入。甲故不甚识张，但伏听之。及方氏亟问，乃曰：『室中何人也？』方讳言：『无之。』甲言：『窃听已久，敬将以执奸也。』方不得已以实告，甲曰：『张鸿渐大案未消，即使归家，亦当缚送官府。』方苦哀之，甲词益狎逼。张忿火中烧，把刀直出，剁甲中颅。甲踣犹号，又连剁之，遂死。方曰：『事已至此，罪益加重。君速逃，妾请任其辜。』张曰：『丈夫死则死耳，焉肯辱妻累子以求活耶！卿无顾虑，但令此子勿断书香[8]，目即瞑矣。』

天明，赴县自首。赵以钦案中人，姑薄惩之。寻由郡解都，械禁颇苦。途中遇女子跨马过，一老妪捉鞚，盖舜华也。张呼妪欲语，泪随声堕。女返辔，手启障纱，讶曰：『表兄也，何至此？』张略述之。女曰：『依兄平昔，便当掉头不顾，然予不忍也。寒舍不远，即邀公役同临，亦可少助资斧。』从去二三里，见一山村，楼阁高整。女下马入，令妪启舍延客。既而酒炙丰美，似所夙备。又使妪出曰：『家中适无男子，张官人即向公役多劝数觞，前途倚赖多矣。遣人措办数十金为官人作费，兼酬两客，尚未至也。』二役窃喜，纵饮，不复言行。日渐暮，二役径醉矣。女出以手指械，械立脱。曳张共跨一马，驶如龙。少时促下，曰：『君止此。妾与妹有青海之约，又为君逗留一晌，久劳盼注矣。』张问：『后会何时？』女不答，再问之，推堕马下而去。

既晓问其地，太原也。遂至郡，赁屋授徒焉。托名宫子迁。居十年，访知捕亡寝怠，乃复逡巡东向。既近里门，不敢遽入，俟夜深而后入。及门，则墙垣高固，不复可越，只得以鞭挝门。久之妻始出问，张低语之。喜极纳入，作呵叱声，曰：『都中少用度，即当早归，何得遣汝半夜来？』入室，各道情事，始知二役逃亡未返。言次，帘外一少妇频来，张问伊谁，曰：『儿妇耳。』问：『儿安在？』曰：『赴郡大比未归。』张涕下曰：『流离数年，儿已成立，不谓能继书香，卿心血殆尽矣！』话未已，子妇已温酒炊饭，罗列满几。张喜慰过望。居数日，隐匿屋榻，惟恐人知。一夜，方卧，忽闻人语腾沸，捶门甚厉。大惧，并起。闻人言曰：『有后门否？』益惧，急以门扇代梯，送张夜度垣而出，然后诣门问故，乃报新贵者也。方大喜，深悔张遁，不可追挽。

张是夜越莽穿榛，急不择途，及明困殆已极。初念本欲向西，问之途人，则去京都通衢不远矣。遂入乡村，意将质衣而食。见一高门，有报条粘壁上，近视知为许姓，新孝廉也。顷之，一翁自内出，张迎揖而告以情。翁见仪容都雅，知非赚食者，延入相款。因诘所往，张托言：『设帐都门，归途遇寇。』翁留诲其少子。张略问官阀，乃京堂林下者；孝廉其犹子也。月余，孝廉偕一同榜归，云是永平张姓，十八九少年也。张以乡谱俱同，暗中疑是其子；然邑中此姓良多，姑默之。至晚解装，出『齿录[9]』，急借披读，真子也。不觉泪下。共惊问之，乃指名曰：『张鸿渐，即我是也。』备言其由。张孝廉抱父

大哭。许叔侄慰劝，始收悲以喜。许即以金帛函字，致告宪台，父子乃同归。

方自闻报，日以张在亡为悲；忽白孝廉归，感伤益痛。少时父子并入，骇如天降，询知其故，始共悲喜。甲父见其子贵，祸心不敢复萌。张益厚遇之，又历述当年情状，甲父感愧，遂相交好。

注释

①永平：旧府名，在今河北省的卢龙县。

②为刀笔之词：写讼状。刀笔，古时称主办文案的官吏为刀笔吏；后世也用以称讼师。

③贪天功：喻指将他人的功劳占为己有。《左传·信公二十四年》：『窃人之财，犹谓之盗；而况贪天之功以为己力乎？』

④急难：急人之难。此处指兄弟相助。《诗·小雅·常棣》：『兄弟急难。』

⑤捉刀人：《世说新语·容止》：『魏武将见匈奴使，自以形陋不足雄远国，使崔令洼代，帝自捉刀立床头。』捉刀，握刀，后人用以称代人作文者。

⑥瓜李之嫌：此谓私下相会，处身嫌疑。古乐府《君子行》：『君子防未然，不处嫌疑间，瓜田不纳履，李下不整冠。』

⑦竹夫人：夏天时放在床上的取凉用具，竹制，圆柱形，中空，周围有孔洞，可以通风。

⑧勿断书香：意谓子承父业，读书上进。书香，此处指读书的家风。

⑨齿录：也称『同年录』。科举考试取中者同年序齿，年长者居前，年少者居后，姓名为纲，附载姓名、生辰、籍贯、中试名次等。

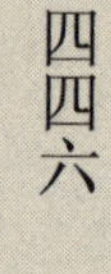

折狱

邑之西崖庄，有贾某被人杀于途，隔夜其妻亦自经死。贾弟鸣于官，时浙江费公祎祉[①]令淄，亲诣验之。见布袱裹银五钱余，尚在腰中，知非为财也者。拘两村邻保[②]审质一过，殊少端绪，并未搒掠，释散归农，但命地约细察，十日一关白而已，逾半年事渐懈。贾弟怨公仁柔，上堂屡聒。公怒曰：『汝既不能指名，欲我以桎梏加良民耶！』呵逐而出。贾弟无所伸诉，愤葬兄嫂。

一日以逋赋故逮数人至，内一人周成惧责，上言钱粮措办已足，即于腰中出银袱，禀公验视。验已，便问：『汝家何里？』答云：『某村。』又问：『去西崖几里？』答云：『五六里。』『去年被杀贾某，系汝何人？』答曰：『不识其人。』公勃然曰：『汝杀之，尚云不识耶！』周力辩不听，严梏之，果伏其罪。先是，贾妻王氏，将诣姻家，惭无钗饰，聒夫使假于邻。夫不肯；妻自假之，颇甚珍重。归途卸而裹诸袱，内袖中；既至家，探之已亡。不敢告夫，又无力偿邻，懊恼欲死。是日周适拾之，知为贾妻所遗，窥贾他出，半夜逾垣，将执以求合。时溽暑，王氏卧庭中，周潜就淫之。王氏觉大号。周急止之，留袱纳钗。事已，妇嘱曰：『后勿来，吾家男子恶，犯恐俱死！』周怒曰：『我挟勾栏数宿之资，宁一度可偿耶？』妇慰之曰：『我非不愿相交，渠常善病，不如从容以待其死。』周乃去，于是杀贾，夜诣妇曰：『今某已被人杀，请如所约。』妇闻大哭，周惧而逃，天明则妇死矣。

公廉得情，以周抵罪。共服其神，而不知所以能察之故。公曰：『事无难辨，要在随处留心耳。初验尸时，见银袱刺万字文，周袱亦然，是出一手也。及诘之，又云无旧，词貌诡变，是以确知其真凶也。』

异史氏曰：世之折狱者，非悠悠置之[③]，则缧系数十人而狼藉之耳。堂上肉鼓吹，喧阗旁午，遂

颦蹙曰：「我劳心民事也。」云板三敲，则声色并进，难决之词，不复置念，专待升堂时，祸桑树以烹老龟耳。呜呼！民情何由得哉！余每曰：『智者不必仁，而仁者则必智；盖用心苦则机关出也。』『随在留心』之言，可以教天下之宰民社者矣。」

邑人胡成，与冯安同里，世有隙。胡父子强，冯屈意交欢，胡终猜之。一日共饮薄醉，颇顷肝胆。胡大言：『勿忧贫，百金之产不难致也。』冯以其家不丰，故嗤之。胡正色曰：『实相告：昨途遇大商，载厚装来，我颠越于南山眢井中矣。』冯又笑之。时胡有妹夫郑伦，托为说合田产，寄数百金于胡家，遂尽出以炫冯。冯信之。既散，阴以状报邑。公拘胡对勘，胡言其实，问郑及产主皆不讹。乃共验诸眢井。一役缒下，则果有无首之尸在焉。胡大骇，莫可置辩，但称冤苦。公怒，击喙数十，曰：『确有证据，尚叫屈耶！』以死囚具禁制之。尸戒勿出，惟晓示诸村，使尸主投状。

逾日有妇人抱状，自言为亡者妻，言：『夫何甲，揭数百金作贸易，被胡杀死。』公曰：『井有死人，恐未必即是汝夫。』妇执言甚坚。公乃命出尸于井，视之果不妄。妇不敢近，却立而号。公曰：『真犯已得，但骸躯未全。汝暂归，待得死者首，即招报令其抵偿。』遂自狱中唤胡出，呵曰：『明日不将头至，当械折股④！』押去终日而返，诘之，但有号泣。乃以梏具置前作刑势，却又不刑，曰：『想汝当夜扛尸忙迫，不知坠落何处，奈何不细寻之？』胡哀祈容急觅。公乃问妇：『子女几何？』答曰：『无。』问：『甲有何戚属？』『但有堂叔一人。』慨然曰：『少年丧夫，伶仃如此，其何以为生矣！』妇乃哭，叩求怜悯。公曰：『杀人之罪已定，但得全尸，此案即结；结案后速醮可也。汝少妇勿复出入公门。』妇感泣，叩头而下。公即票示里人，代觅其首。

经宿，即有同村王五，报称已获。问验既明，赏以千钱。唤甲叔至，曰：『大案已成；然人命重大，非积岁不能成结。侄既无出，少妇亦难存活，早令适人。此后亦无他务，但有上台检驳，止须汝应声耳。』甲叔不肯，飞两签下；再辩，又一签下。甲叔惧，应之而出。妇闻，诣谢公恩。公极意慰谕之。又谕：『有买妇者，当堂关白。』既下，即有投婚状者，盖即报人头之王五也。公唤妇上，曰：『杀人之真犯，汝知之乎？』答曰：『胡成。』公曰：『非也。汝与王五乃真犯耳。』二人大骇，力辩冤枉。公曰：『我久知其情，所以迟迟而发者，恐有万一之屈耳。尸未出井，何以确信为汝夫？盖先知其死矣。且甲死犹衣败絮，数百金何所自来？』又谓王五曰：『头之所在，汝何知之熟也！所以如此其急者，意在速合耳。』两人惊颜如土，不能强置一词。并械之，果吐其实。盖王五与妇私已久，谋杀其夫，而适值胡成之戏也。

乃释胡。冯以诬告，重笞，徒三年。事结，并未妄刑一人。

注释

①费公祎祉：费祎祉，字支峤，进士，浙江鄞县人，顺治年间曾任淄川县令。

②邻保：邻居、近邻。《周礼·地官·遂人》：『五家为邻，五邻为里。』又《周礼·地官·大司徒》：『令五家为比，使之相保。』

③悠悠置之：谓长期搁置，不管不问。悠悠，安闲自在，此谓漫不经心。

④械折股：夹断你的腿。械，刑具，此处指夹棍之类的刑具。

云萝公主

安大业，卢龙[①]人。生而能言，母饮以犬血始止。既长，韶秀，顾影无俦[②]，慧而能读。世家争婚之。母梦曰：『儿当尚主[③]。』信之。至十五六迄无验，亦渐自悔。

一日安独坐，忽闻异香。俄一美婢奔入。曰：『公主至。』即以长毡贴地，自门外直至榻前。方骇疑间，一女郎扶婢肩入；服色容光，映照四堵。婢即以绣垫设榻上，扶女郎坐。安仓皇不知所为，鞠躬便问：『何处神仙，劳降玉趾？』女郎微笑，以袍袖掩口。婢曰：『此圣后府中云萝公主也。圣后属意郎君，欲以公主下嫁，故使自来相宅[④]。』安惊喜不知置词，女亦俯首，相对寂然。

安故好棋，揪枰[⑤]尝置坐侧。一婢以红巾拂尘，移诸案上，曰：『主日耽此，不知与粉侯[⑥]孰胜？』安移坐近案，主笑从之。甫三十余着，婢竟乱之，曰：『驸马[⑦]负矣！』敛子入盒，曰：『驸马当是俗间高手，主仅能让六子。』乃以六黑子实局中，主亦从之。主坐次，辄使婢伏座下，以背受足；左足踏地，则更一婢右伏。又两小鬟夹侍之；每值安凝思时，辄曲一肘伏肩上。局阑未结，小鬟笑云：『驸马负一子。』进曰：『主惰，宜且退。』女乃倾身与婢耳语。婢出，少顷而还，以千金置榻上，告生曰：『适主言居宅湫隘，烦以此少致修饰，落成相会也。』一婢曰：『此月犯天刑，不宜建造；月后吉。』女起；生遮止，闭门。婢出一物，状类皮排，就地鼓之；云气突出，俄顷四合，冥不见物，索之已杳。

母知之，疑以为妖。而生神驰梦想，不能复舍。急于落成，无暇禁忌；刻日敦迫，廊舍一新。

先是，有滦州生袁大用，侨寓邻坊，投刺于门；生素寡交，托他出，又窥其亡而报之。后月余，门外适相值，二十许少年也。宫绢单衣，丝履乌带，意甚都雅。略与顷谈，颇甚温谨。喜，揖而入。请与对弈，互有赢亏。已而设席流连，谈笑大欢。明日邀生至其寓所，珍肴杂进，相待殷渥。有小僮十二三许，拍板清歌，又跳掷作剧。生大醉不能行，便令负之，生以其纤弱恐不胜，袁强之。僮绰有余力，荷送而归。生奇之。明日犒以金，再辞乃受。由此交情款密，三数日辄一过从。袁为人简默，而慷慨好施。市有负债鬻女者，解囊代赎，无吝色。生以此益重之。过数日，诣生作别，赠象箸、楠珠等十余事，白金五百，用助兴作。生反金受物，报以束帛。

后月余，乐亭有仕宦而归者，橐资充牣。盗夜入，执主人，烧铁钳灼，劫掠一空。家人识袁，行牒追捕。邻院屠氏，与生家积不相能，因其土木大兴，阴怀疑忌。适有小仆窃象箸，卖诸其家，知袁所赠，因报大尹。尹以兵绕舍，值生主仆他出，执母而去。母衰迈受惊，仅存气息，二三日不复饮食。尹释之。生闻母耗，急奔而归，则母病已笃，越宿遂卒。收殓甫毕，为捕役执去。尹见其少年温文，窃疑诬枉，故恐喝之。生实述其交往之由。尹问：『其何以暴富？』生曰：『母有藏镪，因欲亲迎，故治昏室耳。』尹信之，具牒解郡。邻人知其无事，以重金赂监者，使杀诸途。路经深山，被曳近削壁，将推堕。计逼情危，时方急难，忽一虎自丛莽中出，啮二役皆死，衔生去。至一处，重楼叠阁，虎入，置之。见云萝扶婢出，凄然慰吊：『妾欲留君，但母丧未卜窀穸。可怀牒去，到郡自投，保无恙也。』因取生胸前带，连结十余扣，嘱云：『见官时，拈此结而解之，可以弭祸。』生如其教，诣郡自投。太守喜其诚信，又稽牒知其冤，销名令归。

至中途，遇袁，下骑执手，备言情况。袁愤然作色，默然无语。生曰：『以君风采，何自污也？』

袁曰：『某所杀皆不义之人，所取皆非义之财。不然，即遗于路者不拾也。君教我固自佳，然如君家邻，岂可留在人间耶！』言已超乘而去。生归，殡母已，杜门谢客。忽一日盗入邻家，父子十余口尽行杀戮，止留一婢。席卷资物，与僮分携之。临去，执灯谓婢：『汝认明：杀人者我也，与人无涉。』并不启关，飞檐越壁而去。明日告官。疑生知情，又捉生去。邑宰词色甚厉，生上堂握带，且辨且解。宰不能诘，又释之。既归，益自韬晦，读书不出，一跛妪执炊而已。服既阕，日扫阶庭，以待好音。一日异香满院。登阁视之，内外陈设焕然矣。悄揭画帘，则公主凝妆坐，急拜之。女挽手曰：『君不信数，遂使土木为灾；又以苫块之戚，迟我三年琴瑟：是急之而反以得缓，天下事大抵然也。』生将出资治具。女曰：『勿复须。』婢探椟，有肴羹热如新出于鼎，酒亦芳烈。酌移时，日已投暮，足下所踏婢，渐都亡去。女四肢娇惰，足股屈伸，似无所着，生狎抱之。女曰：『君暂释手。今有两道，请君择之。』生揽项问故，曰：『若为棋酒之交，可得三十年聚首；若作床第之欢，可六年谐合耳。君焉取？』生曰：『六年后再商之。』女乃默然，遂相燕好。

女曰：『妾固知君不免俗道，此亦数也。』因使生蓄婢媪，别居南院，炊爨纺织以作生计。北院中并无烟火，惟棋枰、酒具而已。户常阖，生推之则自开，他人不得入也。然南院人作事勤惰，女辄知之，每使生往谴责，无不具服。女无繁言，无响笑，与有所谈，但俯首微哂。每骈肩坐，喜斜倚人。生举而加诸膝，轻如抱婴。生曰：『卿轻若此，可作掌上舞⑧。』曰：『此何难！但婢子之为，所不屑耳。飞燕原九姊侍儿，屡以轻佻获罪，怒谪尘间，又不守女子之贞；今已幽之。』

阁上以锦裀布满，冬未尝寒，夏未尝热。女严冬皆着轻縠⑨，生为制鲜衣，强使着之。逾时解去，

曰：『尘浊之物，几于压骨成劳！』一日抱诸膝上，忽觉沉倍曩昔，异之。笑指腹曰：『此中有俗种矣。』过数日，颦黛不食，曰：『近病恶阻，颇思烟火之味。』生乃为具甘旨。从此饮食遂不异于常人。一日曰：『妾质单弱，不任生产。婢子樊英颇健，可使代之。』乃脱衷服衣英，闭诸室。少顷闻儿啼声，启扉视之，男也。喜曰：『此儿福相，大器也！』因名大器。绷纳生怀，俾付乳媪，养诸南院。女自免身⑩，腰细如初，不食烟火矣。

忽辞生，欲暂归宁。问返期，答以『三日』。鼓皮排如前状，遂不见。至期不来；积年余音信全渺，亦已绝望。生键户下帏，遂领乡荐。终不肯娶；每独宿北院，沐其余芳。一夜辗转在榻，忽见灯火射窗，门亦自辟，群婢拥公主入。生喜，起问爽约之罪。女曰：『妾未愆期，天上二日半耳。』生得意自诩，告以秋捷，意主必喜。女愀然曰：『乌用是傥来者为！无足荣辱，止折人寿数耳。三日不见，入俗幛又深一层矣。』生由是不复进取。过数月又欲归宁，生殊凄恋，女曰：『此去定早还，无烦穿望。且人生合离，皆有定数，撙节之则长，恣纵之则短也。』既去，月余即返。从此一年半载辄一行，往往数月始还，生习为常，亦不之怪。

又生一子。女举之曰：『豺狼也！』立命弃之。生不忍而止，名曰可弃。甫周岁，急为卜婚。诸媒接踵，问其甲子，皆谓不合。曰：『吾欲为狼子治一深圈，竟不可得，当令倾败六七年，亦数也。』嘱生曰：『记取四年后，侯氏生女，左胁有小赘疣，乃此儿妇。当婚之，勿较其门第也。』即令书而志之。后又归宁，竟不复返。生每以所嘱告亲友。果有侯氏女，生有赘疣，侯贱而行恶，众咸不齿，生竟媒定焉。

大器十七岁及第，娶云氏，夫妻皆孝友。父钟爱之。可弃渐长不喜读，辄偷与无赖博赌，恒盗物偿戏债。父怒挞之，而卒不改。相戒提防，不使有所得。遂夜出，小为穿窬。为主所觉，缚送邑宰。宰审其姓氏，以名刺送之归。父兄共絷之，楚掠惨棘，几于绝气。兄代哀免，始释之。父忿恚得疾，食锐减。乃为二子立析产书，楼阁沃田，尽归大器。可弃怨怒，夜持刀入室将杀兄，误中嫂。先是，主有遗裤绝轻软，云拾作寝衣。可弃斫之，火星四射，大惧奔出。父知病益剧，数月寻卒。可弃闻父死，始归。兄善视之，而可弃益肆。年余所分田产略尽，赴郡讼兄。官审知其人，斥逐之。兄弟之好遂绝。

又逾年可弃二十有三，侯女十五矣。兄忆母言，欲急为完婚。召至家，除佳宅与居；迎妇入门，以父遗良田，悉登籍交之，曰：『数顷薄田，为若蒙死守之，今悉相付。吾弟无行，寸草与之皆弃也。此后成败，在于新妇。能令改行，无忧冻馁；不然，兄亦不能填无底壑也。』

侯虽小家女，然固慧丽，可弃雅畏爱之，所言无敢违。每出限以晷刻，过期则诟厉不与饮食，可弃以此少敛。年余生一子，妇曰：『我以后无求于人矣。膏腴数顷，母子何患不温饱？无夫焉，亦可也。』会可弃盗粟出赌，妇知之，弯弓于门以拒之。大惧避去。窥妇入，逡巡亦入。妇操刀起，可弃反奔，妇逐斫之，断幅伤臀，血沾袜履。忿极往诉兄，兄不礼焉，冤惭而去。过宿复至，跪嫂哀泣，乞求先容于妇，妇决绝不纳。

可弃怒，将往杀妇，兄不语。可弃忿起，操戈直出。嫂愕然，欲止之；兄目禁之。俟其去，乃曰：『彼固作此态，实不敢归也。』使人觇之，已入家门。兄始色动，将奔赴之，而可弃已坌息入。

盖可弃入家，妇方弄儿，望见之，掷儿床上，觅得厨刀；可弃惧，曳戈反走，妇逐出门外始返。兄已得其情，故诘之。可弃不言，惟向隅泣，目尽肿。兄怜之，亲率之去，妇乃纳之。俟兄出，罚使

长跪，要以重誓，而后以瓦盆赐之食。自此改行为善。妇持筹握算，日致丰盈，可弃仰成而已。后年七旬，子孙满前，妇犹时捋白须，使膝行焉。

异史氏曰：悍妻妒妇，遭之者如疽附于骨，死而后已，岂不毒哉！然砒、附，天下之至毒也，苟得其用，瞑眩大瘳，非参、苓所能及矣。而非仙人洞见脏腑，又乌敢以毒药贻子孙哉！

章丘李孝廉善迁，少倜傥不泥，丝竹词曲之属皆精之。两兄皆登甲榜，而孝廉益佻脱。娶夫人谢，稍稍禁制之。遂亡去，三年不返，遍觅不得。后得之临清勾栏中。家人入，见其南向坐，少姬十数左右侍，盖皆学音艺而拜门墙者也。临行积衣累笥，悉诸姬所贻。既归，夫人闭置一室，投书满案。以长绳系榻足，引其端自棂内出，贯以巨铃，系诸厨下。凡有所需则蹑绳，绳动铃响则应之。夫人躬设典肆，垂帘纳物而估其直；左持筹，右握管；老仆供奔走而已。由此居积致富。每耻不及诸姒贵。锢闭三年而孝廉捷。喜曰：『三卵两成，吾以汝为毈矣，今亦尔耶？』

耿进士崧生，章丘人。夫人每以绩火佐读：绩者不辍，读者不敢息也。或朋旧相诣，辄窃听之：论文则瀹茗作黍；若恣谐谑，则恶声逐客矣。每试得平等，不敢入室门；超等始笑迎之。设帐得金悉内献，丝毫不敢匿。故东主馈遗，恒面较锱铢。人或非笑之，而不知其销算良难也。后为妇翁延教内弟。是年游泮，翁谢仪十金，耿受盒返金。夫人知之曰：『彼虽固亲，然舌耕[11]为何也？』追之返而受之。耿不敢争，而心终歉焉，思暗偿之。于是每岁馆金，皆短其数以报夫人。积二年余得若干数。忽梦一人告之曰：『明日登高，金数即满。』次日试一临眺，果拾遗金，恰符缺数，遂偿岳。后成进士，夫人犹呵谴之。耿曰：『今一行作吏，何得复尔？』夫人曰：『谚云：「水长则船亦高。」即为宰相，宁便大耶？』

注释

①卢龙：县名，今河北省卢龙县。

②无俦：无人能比。俦，匹。

③尚主：娶公主为妻。《史记·李斯列传》：『诸男皆尚秦公主。』《集解》引韦昭曰：『尚，奉也，不敢言娶。』

④相宅：察看宅地的风水。《尚书·召诰》：『成王在丰，欲宅洛邑，使召公先相宅。』注：『相所局而卜之。』

⑤揪枰：因棋盘多用楸木所制，故名。揪，同楸。

⑥粉侯：对驸马的美称。三国时，魏国何晏面如傅粉，娶魏公主，赐爵列侯。后世因称驸马为『粉侯』。

⑦驸马：汉武帝时设驸马都尉，掌管皇帝出行时的副车。魏晋以后皇帝的女婿多有驸马都尉称号，因此称皇帝的女婿为『驸马』。

⑧掌上舞：谓体态轻盈，能在掌上起舞。《赵飞燕外传》载，赵飞燕『家有彭祖分脉之书，善行气术，而纤便轻细，舞之翩然，人谓之飞燕。』

⑨縠：丝织的皱纱。

⑩免身：分娩。免，通『娩』。

⑪舌耕：旧时指教书谋生。王嘉《拾遗记·后汉》：『赠献者积粟盈仓。或云：逵非力耕所得，

诵经口倦，世所谓舌耕也。』

天宫

郭生京都人，年二十余，仪容修美。一日薄暮，有老妪贻尊酒，怪其无因，妪笑曰：『无须问。但饮之自有佳境。』遂径去。揭尊微嗅，冽香①四射，遂饮之。忽大醉，冥然罔觉。及醒，则与一人并枕卧。抚之肤腻如脂，麝兰喷溢，盖女子也。问之不答，遂与交。交已，以手扪壁，壁皆石，阴阴有土气，酷类坟冢。大惊，疑为鬼迷，因问女子：『卿何神也？』女曰：『我非神，乃仙耳。此是洞府。与有夙缘，勿相讶，但耐居之。再入一重门，有漏光处，可以溲便。』既而女起，闭户而去。久之腹馁，遂有女僮来，饷以面饼、鸭臛②，使扪索而啖之。黑漆不知昏晓。无何女子来寝，始知夜矣。郭曰：『昼无天日，夜无灯火，食炙不知口处；常常如此，则姮娥何殊于罗刹，天堂何别于地狱哉！』女笑曰：『为尔俗中人，多言喜泄，故不欲以形色相见。且暗中摸索，妍媸亦当有别，何必灯烛！』

居数日，幽闷异常，屡请暂归。女曰：『来夕当与君一游天宫，便即为别。』次日忽有小鬟笼灯入，曰：『娘子伺郎久矣。』从之出。星斗光中，但见楼阁无数。经几曲画廊，始至一处，堂上垂珠帘，烧巨烛如昼。入，则美人华妆南向坐，年约二十许，锦袍炫目，头上明珠，翘颤四垂；地下皆设短烛，裙底皆照，诚天人也。郭迷乱失次，不觉屈膝。女令婢扶曳入坐。俄顷八珍罗列。女行酒曰：『饮此以送君行。』郭鞠躬曰：『向觌面不识仙人，实所惶悔；如容自赎，愿收为没齿不二之臣。』女顾婢微笑，便命移席卧室。室中流苏绣帐，衾褥香软。使郭就榻坐。饮次，女屡言：『君离家久，暂归亦

无妨。』更尽一筹，郭不言别。女唤婢笼烛送之。郭仍不言，伪醉眠榻上，扤之不动。女使诸婢扶裸之。一婢排私处曰：『箇男子容貌温雅，此物何不文也！』举置床上，大笑而去。

女亦寝，郭乃转侧。女问：『醉乎？』曰：『小生何醉！甫见仙人，神志颠倒耳。』女曰：『此是天宫。未明宜早去。如嫌洞中怏闷，不如早别。』郭曰：『今有人夜得名花，闻香扪干，而苦无灯火，此情何以能堪？』女笑，允给灯火。漏下四点，呼婢笼烛抱衣而送之。入洞，见丹垩精工，寝处褥革棕毡尺许厚。郭解履拥衾，婢徘徊不去。郭凝视之，风致娟好，戏曰：『谓我不文者卿耶？』婢笑，以足蹴枕曰：『子宜偃矣！勿复多言。』视履端嵌珠如巨菽。捉而曳之，婢仆于怀，遂相狎，而呻楚不胜。郭问：『年几何矣？』答云：『十七。』问：『处子亦知情否？』曰：『妾非处子，然荒疏已三年矣。』郭研诘仙人姓氏，及其清贯、尊行。婢曰：『勿问！即非天上，亦异人间。若必知其确耗，恐觅死无地矣。』郭遂不敢复问。次夕女果以烛来，相就寝食，以此为常。一夜女入曰：『期以永好；不意人情乖阻，今将粪除天宫，不能复相容矣。请以卮酒为别。』郭泣下，请得脂泽为爱。女不许，赠以黄金一斤、珠百颗。三盏既尽，忽已昏醉。

既醒，觉四体如缚，纠缠甚密，股不得伸，首不得出。极力转侧，晕堕床下。出手摸之，则锦被囊裹，细绳束焉。起坐凝思，略见床棂，始知为己斋中。时离家已三月，家人谓其已死。郭初不敢明言，惧被仙谴，然心疑怪之。窃间以告知交，莫有测其故者。被置床头，香盈一室；拆视，则湖绵杂香屑为之，因珍藏焉。后某达官闻而诘之，笑曰：『此贾后之故智也。仙人乌得如此？虽然，此亦宜甚秘，泄之，族矣！』有巫常出入贵家，言其楼阁形状，绝似严东楼③家。郭闻之大惧，携家亡去。未几严伏诛，始归。

异史氏曰：高阁迷离，香盈绣帐；雏奴蹀躞，履缀明珠：非权奸之淫纵，豪势之骄奢，乌有此哉？顾淫筹一掷，金屋变而长门；唾壶未干，情田鞠为茂草。空床伤意，暗烛销魂。含颦玉台之前，凝眸宝幄之内。遂使糟丘台上，路入天宫；温柔乡中，人疑仙子。伧楚之帷薄固不足羞，而广田自荒者，亦足戒已！

注释

①冽香：清醇的香气。欧阳修《醉翁亭记》：『酿泉为酒，泉香而酒冽。』

②鸭臛：鸭肉汤。臛，肉羹。

③严东楼：严世蕃，别号东楼。明代权奸严嵩之子，官至工部左侍郎。性情阴狠，豪奢淫纵。

乔女

平原乔生有女黑丑，壑一鼻，跛一足。年二十五六，无问名[①]者。邑有穆生四十余，妻死，贫不能续，因聘焉。三年生一子。未几穆生卒，家益索，大困，则乞怜其母。母颇不耐之。女亦愤不复返，惟以纺织自给。

有孟生丧偶，遗一子乌头，裁周岁，以乳哺乏人，急于求配；然媒数言，辄不当意。忽见女，大悦之，阴使人风示女。女辞焉，曰：『饥冻若此，从官人得温饱，夫宁不愿？然残丑不如人，所可自信者，德耳。又事二夫，官人何取焉！』孟益贤之，使媒者函金加币而悦其母。母悦，自诣女所固要之，女志终不夺。母惭，愿以少女字孟，家人皆喜，而孟殊不愿。居无何，孟暴疾卒，女往临哭

尽哀。孟故无戚党，死后，村中无赖悉凭陵之，家具携取一空。方谋瓜分其田产，家人又各草窃[2]以去，惟一妪抱儿哭帷中。女问得故，大不平。闻林生与孟善，乃踵门而告曰：『夫妇、朋友，人之大伦也。妾以奇丑为世不齿，独孟生能知我。前虽固拒之，然固已心许之矣。今身死子幼，自当有以报知己。然存孤易，御侮难，若无兄弟父母，遂坐视其子死家灭而不一救，则五伦可以无朋友矣。妾无所多须于君，但以片纸告邑；抚孤，则妾不敢辞。』林曰：『诺。』女别而归。林将如其所教；无赖辈怒，咸欲以白刃相仇。林大惧，闭户不敢复行。女见数日寂无音，问之，则孟氏田产已尽矣。

女忿甚，挺身自诣官。官诘女属孟何人，女曰：『公宰一邑，所凭者理耳。如其言妄，即至戚无所逃罪；如非妄，则道路之人可听也。』官怒其言戆，呵逐而出。女冤愤无伸，哭诉于缙绅之门。某先生闻而义之，代剖于宰。宰按之果真，穷治诸无赖，尽返所取。

或议留女居孟第，抚其孤；女不肯。扃其户，使媪抱乌头从与俱归，另舍之。凡乌头日用所需，辄同妪启户出粟，为之营辨；己锱铢无所沾染，抱子食贫[3]，一如曩昔。积数年乌头渐长，为延师教读；己子则使学操作。妪劝使并读，女曰：『乌头之费，其所自有；我耗人之财以教己子，此心何以自明？』又数年，为乌头积粟数百石，乃聘于名族，治其第宅，析令归。乌头泣要同居，女从之；然纺绩如故。乌头夫妇夺其具，女曰：『我母子坐食，心甚不安。』遂早暮为之纪理，使其子巡行阡陌，若为佣然。乌头夫妻有小过，辄斥谴不少贷；稍不悛，则怫然[4]欲去。夫妻跪道悔词始止。未几乌头入泮，又辞欲归。乌头不可，捐聘币，为穆子完婚。女乃析子令归。乌头留之不得，阴使人于近村为市恒产百亩而后遗之。后女疾求归。乌头不听。病益笃，嘱曰：『必以我归葬！』乌头诺。既卒，阴以金啖穆子，

俾合葬于孟。及期，棺重，三十人不能举。穆子忽仆，七孔⑤血出，自言曰：『不肖儿，何得遂卖汝母！』乌头惧，拜祝之，始愈。乃复停数日，修治穆墓已，始合厝⑥之。

异史氏曰：知己之感，许之以身，此烈男子之所为也。彼女子何知，而奇伟如是？若遇九方皋，直牡视之矣。

注释

①问名：议婚，提亲。男方具书派人到女家，问女方姓名。

②草窃：谓乘机窃取。《尚书·微子》：『殷罔不小大，好草窃奸究。』

③食贫：贫穷自守。《诗·卫风·氓》：『自我徂尔，三岁食贫。』

④怫然：发怒的样子。《庄子·天地》：『谓己谀人，则怫然作色。』

⑤七孔：人体共有眼、耳、口、鼻等七处孔穴，又称七窍。《庄子·应帝王》：『人皆有七窍，以视听食息。』

⑥合厝：合葬。夫妻葬在同一个墓穴中。

刘夫人

廉生者，彰德①人。少笃学；早孤，家贫。一日他出，暮归失途。入一村，有媪来谓曰：『廉公子何之？夜得毋深乎？』生方皇惧，更不暇问其谁何，便求假榻。媪引去，入一大第。有双鬟笼灯，导一妇人出，年四十余，举止大家。媪迎曰：『廉公子至。』生趋拜。妇喜曰：『公子秀发，何但作富家翁乎！」即设筵，妇侧坐，劝酹甚殷，而自己举杯未尝饮，举箸亦未尝食。生惶惑，屡审阀阅。笑曰：「再尽三爵告君知。」生如命饮。妇曰：「亡夫刘氏，客江右②，遭变遽殒。未亡人独居荒僻，日就零落。虽有两孙，非鸱鸮即驽骀③耳。公子虽异姓，亦三生骨肉也；且至性纯笃，故遂腼然相见。无他烦，薄藏数金，欲倩公子持泛江湖，分其赢余，亦胜案头萤枯死也。」生辞曰：「少年书痴，恐负重托。」妇曰：「读书之计，先于谋生。公子聪明，何之不可？」遣婢运资出，交兑八百余两。生惶恐固辞，妇曰：「妾亦知公子未惯懋迁，但试为之，当无不利。」生虑重金非一人可任，谋合商侣。妇曰：「勿须。但觅一朴悫谙练之仆，为公子服役足矣。」遂轮纤指以卜之曰：「伍姓者吉。」命仆马囊金送生出，曰：「腊尽涤盏，候洗宝装矣。」又顾仆曰：「此马调良，可以乘御，即赠公子，勿须将回。」生归，夜才四鼓，仆系马自去。

明日多方觅役，果得伍姓，因厚价招之。伍老于行旅，又为人戆拙不苟，资财悉倚付之。往涉荆襄，岁杪始得归，计利三倍。生以得伍力多，于常格外，另有馈赏，谋同飞洒，不令主知。甫抵家，妇已遣人将迎，遂与俱去。见堂上华筵已设；妇出，备极慰劳。生纳资讫，即呈簿；妇置不顾。少顷即席，歌舞鞺鞳，伍亦赐筵外舍，尽醉方归。因生无家室，留守新岁。次日又求稽盘④，妇曰：「后无须尔，妾会计久矣。」乃出册示生，登志甚悉，并给仆者亦载其上。生曰：「夫人真神人也！」过数日，馆谷丰盛，待若子侄。一日堂上设席，一东面，一南面；堂下设一筵西向。谓生曰：「明日财星临照，宜可远行。今为主价粗设祖帐，以壮行色。」少间伍亦呼至，赐坐堂下。一时鼓钲鸣聒。女优进呈曲目，生命唱「陶朱⑤富」。妇曰：「此先兆也，当得西施作内助矣。」宴罢，仍以全金付生，曰：「此行不

可以岁月计，非获巨万勿归也。妾与公子，所凭者在福命，所信者在腹心。勿劳计算，远方之盈绌，妾自知之。』生唯唯而退。

往客淮上，进身为鹾贾，逾年利又数倍。然生嗜读，操筹不忘书卷，所与游皆文士；所获既盈，隐思止之，渐谢任于伍。桃源薛生与最善，适过访之，薛一门俱适别业，昏暮无所复之，阍人延生入，扫榻作炊。细诘主人起居⑥，盖是时方讹传朝廷欲选良家女，犒边庭，民间骚动。闻有少年无妇者，不通媒约，竟以女送诸其家，至有一夕而得两妇者。薛亦新婚于大姓，犹恐舆马喧动，为大令所闻，故暂迁于乡。生既留，初更向尽，方将拂榻就寝，忽闻数人排闼入。阍人不知何语，但闻一人云：『官人既不在家，秉烛者何人？』阍人答：『是廉公子，远客也。』俄而问者已入，袍帽光洁，略一举手，即诘邦族。生告之。喜曰：『吾同乡也。岳家谁氏？』答云：『无之。』益喜，趋出，即招一少年同入，敬与为礼。卒然曰：『实告公子：某慕姓。今夕此来，将送舍妹于薛官人，至此方知无益。进退维谷之际，适逢公子，宁非数乎！』生以未悉其人，故踌躇不敢应。慕竟不听其致词，急呼送女者。少间二媪扶女郎入，坐生榻上。睨之年十五六，佳妙无双。生喜，始整巾向慕展谢；又嘱阍人行沽，略尽款洽。慕言：『先世彰德人；母族亦世家，今陵夷矣。闻外祖遗有两孙，不知家况何似。』生问：『伊谁？』曰：『外祖刘，字晖若，闻在郡北三十里。』生曰：『仆郡城东南人，去北里颇远；年又最少，无多交知。郡中此姓最繁，止知郡北有刘荆卿，亦文学士，未审是否？然贫矣！』慕曰：『某祖墓尚在彰郡，每欲扶两榇归葬故里，以资斧未办，姑犹迟迟。今妹子从去，归计益决矣。』生闻之，锐然自任。二慕俱喜。酒数行辞去。生却仆移灯，琴瑟之爱，不可胜言。次日薛已知之，趋入城，除别院馆生。

生诣淮，交盘已，留伍居肆，装资返桃源，同二慕启岳父母骸骨，两家细小，载与俱归。入门安置已，囊金诣主。前仆已候于途。从去，妇逆见，色喜曰：『陶朱公载得西子来矣！前日为客，今日吾甥婿也。』置酒迎尘，倍益亲爱。生服其先知，因问：『夫人与岳母远近？』妇云：『勿问，久自知之。』乃堆金案上，瓜分为五；自取其二，曰：『吾无用处，聊贻长孙。』生以过多，辞不受。凄然曰：『吾家零落，宅中乔木被人伐作薪；孙子去此颇远，门户萧条，烦公子一营办之。』生诺，而金止收其半，妇强纳之。送生出，挥涕而返。生疑怪间，回视第宅，则为墟墓。始悟妇即妻之外祖母也。

既归，赎墓田一顷，封植伟丽。刘有二孙，长即荆卿；次玉卿，饮博无赖，皆贫。兄弟诣生申谢，生悉厚赠之。由此往来最稔。生颇道其经商之由，玉卿窃意冢中多金，夜合博徒数辈，发墓搜之，剖棺露衲，竟无少获，失望而散。生知墓被发，以告荆卿。诣同验之，入圹，见案上累累，前所分金具在。荆卿欲与生共取之。生曰：『夫人原留此以待兄也。』荆卿乃囊运而归，告诸邑宰，访缉甚严。后一人卖坟中玉簪，获之，穷讯其党，始知玉卿为首。宰将治以极刑，荆卿代哀，仅得赊死。墓内外两家并力营缮，较前益坚美。由此廉、刘皆富，惟玉卿如故。生及荆卿常河润之，而终不足供其赌博。一夜盗入生家，执索金资。生所藏金皆以千五百为个，发示之。盗取其二，止有鬼马在厩，用以运之而去。使生送诸野，乃释之。村众望盗火未远，噪逐之。贼惊遁。共至其处，则金委路侧，马已成灰烬。始知马亦鬼也。是夜止失金钏一枚而已。先是盗执生妻，悦其美，将欲淫。一盗带面具，力呵止之，声似玉卿。盗释生妻，但脱腕钏而去。生以是疑玉卿，然心窃德之。

后盗以钏质赌，为捕役所获，诘其党，果有玉卿。宰怒，备极五毒。兄与生谋，欲为贿脱，谋未成而玉卿已死。生狱时恤其妻子。生后登贤书，数世皆素封焉。呜呼！『贪』字之点画形象甚近乎『贫』。如玉卿者，可以鉴矣！

注释

①彰德：旧府名，在今河南省安阳市。

②江右：长江下游以西地区，后世称江西。

③非鸱鸮即驽骀：意谓子孙凶顽无能，不堪委任。鸱鸮，猫头鹰，古人视猫头鹰为恶禽，比喻性情凶恶之人。驽、骀，皆为劣马，比喻才能平庸的人。

④稽盘：核查账目，清点财物。

⑤陶朱：陶朱公，即春秋时越国大夫范蠡。据《史记·货殖列传》载，范蠡助勾践灭吴后，看出越王可共患难，但不可共安乐，则弃官去。后至陶地，改名为朱公，富甲一方。

⑥起居：近况。

卷十

神女

米生，闽人，偶入郡，饮醉过市，闻高门中有箫声。询知为开寿筵者，然门庭殊清寂。醉中雅爱笙歌，因就街头写晚生刺，封祝寿仪投焉。人问：『君系此翁何亲？』米云：『并非。』人又云：『此流寓于此，不审何官，甚属骄倨。既非亲属，又将何求？』生悔之，而刺已投矣。

未几两少年出迎，华裳炫目，丰采都雅，揖生入。见一叟南向坐，东西列数筵，客六七人，皆似贵胄①；见生至，俱起为礼，叟亦杖而起。生久立，待与周旋，叟殊不离席。两少年致词曰：『家君衰迈，起拜良难，予兄弟代谢高贤之枉驾也。』生逊谢。遂增一筵于上，与叟接席。未几女乐作于下。座后设琉璃屏，以幛内眷。鼓吹大作，座客无哗。筵将终，两少年起，各以巨杯劝客，杯可容三斗；生有难色，然见客受，亦受。顷刻四顾，主客尽釂，生不得已亦强尽之。少年复斟；生觉惫甚，起而告退。少年强挽其裾。生大醉逖地②，但觉有人以冷水洒面，恍然若寤。起视，宾客尽散，惟一少年捉臂送之，遂别而归。后再过其门，则已迁去矣。

自郡归，偶适市，一人自肆中出招之饮。并不识；姑从之入，则座上先有里人鲍庄在焉。问其人，乃诸姓，市中磨镜者也。问：『何相识？』曰：『前日上寿者，君识之否？』生曰：『不识。』诸曰：『予出入其门最稔。翁，傅姓，不知其何籍、何官。先生上寿时，我方在墀下，故识之也。』日暮饮散。鲍庄夜死于途。鲍父不识诸，执名讼生。检得鲍庄体有重伤，生以谋杀论死，备历械梏；以诸未获，罪无申证，禁系之。年余直指③巡方，廉知其冤，释之。

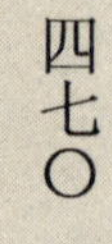

家中田产荡尽，衣巾革褫[4]，冀可开复，于是携囊入郡。日将暮，休憩路侧。遥见小车来，二青衣夹随之。既过忽命停舆，车中命一青衣向生：『君非米姓乎？』生曰：『诺。』问：『何贫窭若此？』生告以故。问：『安往？』又告之。青衣向车中语；复返，请生至车前。车中以纤手搴帘，微睨之，乃绝代佳人也。谓生曰：『君不幸得无妄之祸，甚为太息。今日学使署非白手可以出入者，途中无可为赠，……』乃于髻上摘珠花一朵，授生曰：『此物可鬻百金，请缄藏之。』生下拜，欲问官阀，车发已远，不解何人。执花悬想，上缀明珠，非凡物也。珍藏而行。至郡投状，上下勒索甚苦；生又不忍货花，遂归依于兄嫂，幸兄贤，为之经纪，贫不废读。

过岁赴郡应试，误入深山。时值清明，游人甚众。有数女骑来，内一女郎，即向年车中人也。见生停骖，问：『何往？』生具对。女惊曰：『君衣顶尚未复耶？』生惨然出珠花，曰：『不忍弃此，故未复也。』女郎晕红上颊，嘱云：『且坐待路隅。』款段而去。久之一婢驰马来，以裹物授生，曰：『娘子说：如今学使之门如市，赠白金二百，为进取之资。』生辞曰：『娘子惠我多矣！自公掇芹[5]不难，重赐所不敢受。但告以姓名，绘一小像，焚香供之，足矣。』婢不顾，委金于地，上马而去。生得金，终不屑夤缘。旋入邑庠第一。乃以金授兄；兄善行运，三年旧业尽复。适有巡抚于闽者乃生祖门人，优恤甚厚。然生素清鲠，虽属通家，不肯少有干谒。

一日有客裘马至门，家人不识。生出视，则傅公子也。揖入，各道间阔。治具相款，肴酒既陈，公子起而请间；相将入内，公子拜伏于地。生惊问故，则怆然曰：『家君适罹大祸，欲有求于抚台，非兄不可。』生力辞曰：『渠虽世谊，而以私干人，生平从不为也。』公子伏地哀泣。生厉色曰：『小

生与公子，一饮之知交耳，何遂以丧节强人！』公子大惭，起而别去。越日方独坐，有青衣人入，视之即山中赠金者。生方惊起，青衣曰：『君忘珠花耶？』生曰：『不敢忘。』曰：『昨公子，即娘子胞兄也。』生闻之窃喜，伪曰：『此难相信。若得娘子亲见一言，则油鼎可蹈耳；不然，不敢奉命。』青衣乃驰马去。更半复返，扣扉入曰：『娘子来矣。』言未几，女郎惨然入，向壁而哭，不出一语。生拜曰：『小生非娘子，无以有今日。但有驱策，敢不惟命！』女曰：『受人求者常骄人，求人者常畏人。中夜奔波，生平何解此苦，只以畏人故耳，亦复何言！』生慰之曰：『小生所以不遽诺者，恐过此一见为难耳。使卿夙夜蒙露，吾知罪矣！』因挽其祛。隐抑搔之。女怒曰：『子诚敝人[6]也！不念畴昔之义，而欲乘人之厄。予过矣！予过分！』忿然而出，登车欲去。生追出谢过，长跪而要遮之。青衣亦为缓颊，女意稍解，就车中谓生曰：『实告君：妾非人，乃神女也。家君为南岳都理司，偶失礼于地官[7]，将达帝庭；非本地都人官印信不可解也。君如不忘旧义，以黄纸一幅为妾求之。』言已，车发遂去。

生归，悚惧不已。乃假驱祟言于巡抚。巡抚以事近巫蛊，不许。生以厚金赂其心腹，诺之，而未得其便。乃归，青衣候门，生具告之，默然遂去，意似怨其不忠。生追送之曰：『归告娘子：如事不谐，我以身命殉之！』归而终夜思维，计无所出。适院署有宠妾购珠，生乃以珠花献之。姬大悦，窃印为生嵌之。怀归，青衣适至。笑曰：『幸不辱命。但数年来贫贱乞食所不忍鬻者，今仍为主人弃之矣！』因告以情。且曰：『黄金抛置，我都不惜；寄语娘子：珠花须要偿也。』逾数日，傅公子登堂申谢，纳黄金百两。生作色曰：『所以然者，为令妹之惠我无私耳；不然，即万金岂足以易名节哉！』再强之，生色益厉。公子惭退，曰：『此事殊未了！』翼日青衣奉女郎命，进明珠百颗，曰：『此足以偿珠花

否耶？』生曰：『重花者非贵珠也。设当日赠我万镒之宝[8]，直须卖作富家翁耳；什袭而甘贫贱何为乎？娘子神人，小生何敢他望，幸得报洪恩于万一，死无憾矣！』青衣置珠案间，生朝拜而后却之。

越数日公子又至。生命治酒。公子使从人入厨下，自行烹调，相对纵饮，欢若一家。有客馈苦糯，公子饮而美，引尽百盏，面颊微赪[9]。乃谓生曰：『君贞介士，愚兄弟不能早知君，有愧裙钗多矣。家君感大德，无以相报，欲以妹子附为婚姻，恐以幽明见嫌也。』生喜出非常，不知所对。公子辞出，曰：『明夜七月初九，新月钩辰，天孙有少女下嫁，吉期也，可备青庐。』次夕果送女郎至，一切无异常人。三日后，女自兄嫂以及仆妇，皆有馈赏。又最贤，事嫂如姑。数年不育，劝纳妾，生不肯。

适兄贾于江淮，为买少姬而归。姬，姓顾，小字博士，貌亦清婉，夫妇皆喜。见髻上插珠花，酷似当年故物；摘视，果然。异而诘之，答云：『昔有巡抚爱妾死，其婢盗出鬻于市，先人廉其值，买归。妾爱之。先父止生妾，故与妾。后父死家落，妾寄养于顾媪家。顾，妾姨行，见珠屡欲售去，妾死不肯，故得存也。』夫妇叹曰：『十年之物，复归故主，岂非数哉。』女另出珠花一朵，曰：『此物久无偶矣！』因并赐之，亲为簪于髻上。姬退，问女郎家世甚悉，家人皆讳言之。阴语生曰：『妾视娘子非人间人也，其眉目间有神气。昨簪花时得近视，其美丽出于肌里，非若凡人以黑白位置中见长耳。』生笑之。姬曰：『君勿言，妾将试之；如其神，但有所须，无人处焚香以求，彼当自知。』女郎绣袜精工，博士爱之而未敢言，乃即闺中焚香祝之。女早起，忽检箧中出袜，遣婢赠博士。生见而笑。女问故，以实告。女曰：『黠哉婢乎！』因其慧益怜爱之；然博士益恭，昧爽时必薰沐以朝。

后博士一举两男，两人分字之。生年八十，女貌犹如处子。生病，女置材，倍加宽大。及死，女不哭；男女他适，女已入材中死矣。因合葬之。至今传为『大材冢』云。

异史氏曰：女则神矣，博士而能知之，是遵何术欤？乃知人之慧，固有灵于神者矣！

注释

①贵胄：指贵族子弟。胄，后代。

②踣地：跌倒在地。踣，跌倒。

③直指：官名。古时中央政府直接派往地方以检查吏治及司法的使者，亦称『绣衣直指』。

④衣巾革褫：指革除功名。旧时生员犯罪，要先由学官报请上级革除功名，然后才能动刑。褫，褫夺。

⑤掇芹：科举时代称考取秀才为掇芹。《诗·鲁颂·泮水》：『思乐泮水，薄采其芹。』故考中秀才亦称『入泮』。

⑥敝人：心术不正的人。

⑦地官：道教所信奉的神仙，主赦罪。

⑧万镒之宝：价值连城的宝物。镒，古时一镒为一金，一金为二十四两。

⑨赪：赤色。

湘裙

晏仲，陕西延安①人。与兄伯同居，友爱敦笃。伯三十而卒，无嗣；嫂亦继亡。仲痛悼之，每思生二子，则以一继兄后。甫举一男，而仲妻又死。仲恐继娶不贤，将购一妾。邻村有货婢者，仲往相之，

略不称意，被友人留酌醉归。途中遇故窗友②梁生，邀至其家。竟忘其已死，随之而去。入其门，并非旧第，问之。曰：『新移于此。』入谋酒，又告竭，嘱仲坐待，挈瓶往沽。仲出立门外以俟之。忽见一妇人控驴而过，有八九岁童子随之，其面目神色，绝类其兄。心恻然动，急委缀之，便问：『童子何姓？』童曰：『姓晏。』仲惊，又问其父名。曰：『不知。』叙问间，已至其家，妇人下驴入。仲执童子曰：『汝父在家否？』童入问。少顷一媪出窥，则其嫂也。讶叔何来。仲大悲，随入。见庐落整顿，问：『兄何在？』嫂曰：『责负③未归。』问：『骑驴者何人？』曰：『此汝兄妾甘氏，生两男矣。长阿大，赴市未返；汝所见者阿小。』坐久酒渐醒，始悟所见皆鬼。然以兄弟情切，亦不甚惧。嫂治酒饭。仲急欲见兄，促阿小觅之。良久，哭而归云：『李家负欠不还，反与父闹。』仲闻之，与阿小奔去，见两人方捽兄地上。仲怒，奋拳直入，人尽踣。急救兄起，敌已俱奔。追捉一人，捶楚无算，始起。执兄手，顿足哀泣。兄亦泣。既归，举家慰问，乃具酒食，兄弟相庆。忽一少年入，年约十六七。伯呼阿大，令拜叔。仲挽之，哭向兄曰：『大哥地下有两子，而坟墓不扫；弟又无妻子，奈何？』伯亦凄恻。嫂曰：『遣阿小从叔去，亦得。』阿小闻言，依叔肘下，眷恋不去。仲抚之，问：『汝乐从否？』答云：『乐从。』仲念鬼虽非人，慰情亦胜无也，因为解颜。伯曰：『从去但勿娇惯，宜啖以血肉，驱向日中曝之，午过乃已。六七岁儿，历春及夏，骨肉更生，可以娶妻育子；但恐不寿耳。』

言间有少女在门外窥听，意致温婉。仲疑为兄女，因问兄。兄曰：『此名湘裙，吾妾妹也。孤而无归，寄食十年矣。』问：『已字否？』伯曰：『尚未。近有媒议东村田家。』女在窗外小语曰：『我不嫁田家牧牛子。』仲颇心动，未便明言。既而伯起，设榻于斋，止弟宿。仲本不欲留，意恋湘裙，将

探兄意，遂别兄就寝。时方初春，天气尚寒，斋中夙无烟火，森然冷坐。思得小饮，俄见阿小推扉入，以杯羹斗酒置案上。仲问：『谁为？』答曰：『湘姨。』酒将尽，又以灰覆盆火置床下。仲问：『爹娘睡乎？』曰：『睡已久矣。汝寝何所？』曰：『与湘姨同榻耳。』阿小俟叔步眠，乃掩门去。仲念湘裙慧而解意，愈爱慕之；且能抚阿小，欲得之心更坚，辗转床头，终夜不寐。

早起，告兄曰：『弟孑然无偶，愿大哥留意。』伯曰：『吾家非一瓢一担者，物色当自有人。地下即有佳丽，恐于弟无所利益。』仲曰：『古人亦有鬼妻，何害？』伯会意，曰：『湘裙亦佳。但以巨针刺人迎，血出不止者，便可为生人妻，何得草草。』仲曰：『得湘裙抚阿小，亦得。』伯但摇首。仲求不已，嫂曰：『试捉湘裙强刺验之，不可乃已。』遂握针出门外，遇湘裙急捉其腕，则血痕犹湿。盖闻伯言时，已自试之矣。嫂释手而笑，反告伯曰：『渠作有意乔才[4]久矣，尚为之代虑耶？』妾闻之怒，趋近湘裙，以指刺眶而骂曰：『淫婢不羞！欲从阿叔奔走耶？我定不如其愿！』湘裙愧愤，哭欲觅死，举家腾沸。仲乃大惭，别兄嫂，率阿小而出。兄曰：『弟姑去；阿小勿使复来，恐损其生气也。』仲曰：『诺。』

既归，伪增其年，托言兄卖婢之遗腹子。众以其貌酷肖，亦信为伯遗体[5]。仲教之读，辄遣抱书就日中诵之。初以为苦，久而渐安。六月中，几案灼人，而儿戏且读，殊无少怨。儿甚慧，日尽半卷，夜与叔抵足，恒背诵之。叔甚慰。又以不忘湘裙，故不复作『燕楼』想矣。

一日双媒来为阿小议姻，中馈无人，心甚躁急。忽甘嫂自外入曰：『阿叔勿怪，吾送湘裙至矣。缘婢子不识羞，我故挫辱之。叔如此表表而不相从，更欲从何人者？』见湘裙立其后，心甚欢悦。肃嫂坐；具述有客在堂，乃趋出。少间复入，则甘氏已去。湘裙卸妆入厨下，刀砧盈耳矣。俄而肴胾罗列，

烹饪得宜。客去，仲入，见湘裙凝妆坐室中，遂与交拜成礼。至晚，女仍欲与阿小共宿。仲曰：『我欲以阳气温之，不可离也。』因置女别室，惟晚间杯酒一往欢会而已。湘裙抚前子如己出，仲益贤之。

一夕夫妻款洽，仲戏问：『阴世有佳人否？』女思良久，答曰：『未见。惟邻女葳灵仙，群以为美；顾貌亦犹人，要善修饰耳。与妾往还最久，心中窃鄙其激荡也。如欲见之，顷刻可致。但此等人，未可招惹。』仲急欲一见。女把笔似欲作书，既而掷管曰：『不可，不可！』强之再四，乃曰：『勿为所惑。』仲诺之。遂裂纸作数画若符，于门外焚之。少时帘动钩鸣，吃吃作笑声。女起曳入，高髻云翘，殆类画图。扶坐床头，酌酒相叙间阔。初见仲，犹以红袖掩口，不甚纵谈；数盏后，嬉狎无忌，渐伸一足压仲衣。仲心迷乱，魄荡魂飞。目前唯碍湘裙；湘裙又故防之，顷刻不离于侧。葳灵仙忽起搴帘而出；湘裙从之，仲亦从之。葳灵仙握仲趋入他室。湘裙甚恨，然而无可如何，愤愤归室，听其所为而已。既而仲入，湘裙责之曰：『不听我言，后恐却之不得耳。』仲疑其妒，不乐而散。次夕葳灵仙不召自来。湘裙甚厌见之，傲不为礼；仙竟与仲相将而去。如此数夕。女望其来则诟辱之，而亦不能却也。月余仲病不能起，始大悔，唤湘裙与共寝处，冀可避之；昼夜之防稍懈，则人鬼已在阳台。湘裙操杖逐之，鬼忿与争，湘裙荏弱，手足皆为所伤。仲浸以沉困。湘裙泣曰：『吾何以见吾姊乎！』

又数日仲冥然遂死。初见二隶执牒入，不觉从去。至途患无资斧，邀隶便道过兄所。兄见之，惊骇失色，问：『弟近何作？』仲曰：『无他，但有鬼病耳。』实告之。兄曰：『是矣。』乃出白金一裹，谓隶曰：『姑笑纳之。吾弟罪不应死，请释归，我使豚子⑥从去，或无不谐。』便唤阿大陪隶饮。返身入家，便告以故。乃令甘氏隔壁唤葳灵仙。俄至见仲欲遁，伯揪返骂曰：『淫婢！生为荡妇，死为贱鬼，不齿群众久矣；又祟吾弟耶！」立批之，云鬓蓬飞，妖容顿减。久之一妪来，伏地哀恳。伯又责妪纵女宣淫，呵詈移时，始令与女俱去。

伯乃送仲出，飘忽间已抵家门，直至卧室，豁然若寤，始知适间之已死也。伯责湘裙曰：「我与若姊谓汝贤能，故使从吾弟，反欲促吾弟死耶！设非名分之嫌，便当挞楚！」湘裙惭惧啜泣，望伯伏谢。伯顾阿小喜曰：「儿居然生人矣！」湘裙欲出作黍，伯曰：「弟事未办，我不遑暇。」阿小年十三，渐知恋父；见父出，零涕从之。伯曰：「从叔最乐，我行复来耳。」转身便逝，从此不复相闻问矣。

后阿小娶妇，生一子，亦三十而卒。仲抚其孤如侄生时。仲年八十，其子二十余矣，乃析之。湘裙无出。一日谓仲曰：「我先驱狐狸于地下可乎？」盛妆上床而殁。仲亦不哀，半年亦殁。异史氏曰：天下之友爱如仲几人哉！宜其不死而益之以年也。阳绝阴嗣，此皆不忍死兄之诚心所格；在人无此理，在天宁有此数乎？地下生子，愿承前业者想亦不少；恐承绝产之贤兄贤弟，不肯收恤耳！

注释

①陕西延安：旧府名，在今陕西延安市。

②窗友：同窗。

③责负：索债，讨债。责，索取。负，欠债。

④乔才：坏坯子、坏东西。《琵琶记·激怒当朝》：「乔才堪笑，故阻佯推不肯从。」

⑤遗体：古人称自身为父母遗体，后借指儿女。《礼记·祭义》：「身也者，父母之遗体也。」

⑥豚子：对自己的儿子的谦称。

俞慎字谨庵，顺天旧家子。赴试入都，舍于郊郭。时见对户一少年，美如冠玉①。心好之，渐近与语，风雅尤绝。大悦，捉臂邀至寓所，相与款宴。问其姓氏，则金陵俞士忱也，字恂九。公子闻与同姓，更加浃洽，订为昆仲；少年遂减名字为忱。

明日过其家，书舍光洁；然门庭踧②，更无厮仆。引公子入内，呼妹出拜，年约十三四，肌肤莹澈，粉玉无其白也。少顷托茗献客，家中似无臧获。公子异之，数语遂出。自后友爱如胞。恂九无日不来，或留共宿，则以弱妹无伴为辞。公子曰：『吾弟流寓千里，曾无应门之僮，兄妹纤弱，何以为生？计不如从我去，有斗舍可共栖止，如何？』恂九喜，约以场后。试毕，恂九邀公子去，曰：『中秋月明如昼，妹子素秋具有蔬酒，勿违其意。』竟挽入内。素秋出，略道温凉，便入复室，下帘治具。少间自出行炙。公子起曰：『妹子奔波，情何以忍！』素秋笑入。顷之搴帘出，则一青衣婢捧壶；又一媪托柈进烹鱼。公子讶曰：『此辈何来？不早从事而烦妹子？』恂九微笑曰：『妹子又弄怪矣。』但闻帘内吃吃作笑声，公子不解其故。既而筵终，婢媪撤器，公子适嗽，误咳婢衣；婢随唾而倒，碎碗流炙。视婢，则帛剪小人，仅四寸许。恂九大笑。素秋笑出，拾之而去。俄而婢复出，奔走如故，公子大异之。恂九曰：『此不过妹子幼时，卜紫姑之小技耳。』公子因问：『弟妹都已长成，何未婚姻？』答云：『先人即世，去留尚无定所，故此迟迟。』遂与商定行期，鬻宅，携妹与公子俱西。既归，除舍舍之；又遣一婢为之服役。

公子妻，韩侍郎之犹女也，尤怜爱素秋，饮食共之。公子与恂九亦然。而恂九又最慧，目下十行，

试作一艺，老宿[3]不能及之。公子劝赴童试，恂九曰：『姑为此业者，聊与君分苦耳。自审福薄，不堪仕进；且一入此途，遂不能不戚戚于得失，故不为也。』居三年，公子又下第。恂九大为扼腕，奋然曰：『榜上一名，何遂艰难若此！我初不欲为成败所惑，故宁寂寂耳。今见大哥不能发舒，不觉中热，十九岁老童当效驹驰也。』公子喜，试期送入场，邑、郡、道皆第一。益与公子下帷攻苦。逾年科试，并为郡、邑冠军。恂九名大噪，远近争婚之，恂九悉却去。公子力劝之，乃以场后为解。

无何，试毕，倾慕者争录其文，相传颂；恂九亦自觉第二人不屑居也。及榜发，兄弟皆黜。时方对饮，公子互作噱；恂九失色，酒盏倾堕，身仆案下。扶置榻上，病已困殆。急呼妹至，张目谓公子曰：『吾两人情虽如胞，实非同族。弟自分已登鬼箓[4]。衔恩无可相报，素秋已长成，既蒙嫂抚爱，媵之可也。』公子作色曰：『是真吾弟之乱命也！其将谓我人头畜鸣者耶！』恂九泣下。公子即以重金为购良材。恂九命舁至，力疾而入，嘱妹曰：『我没后即阖棺，无令一人开视。』公子尚欲有言，而目已瞑矣。公子哀伤，如丧手足。然窃疑其嘱异，俟素秋他出，启而视之，则棺中袍服如蜕；揭之，有蠹鱼[5]径尺僵卧其中。骇异间，素秋促入，惨然曰：『兄弟何所隔阂？所以然者非兄也；但恐传布飞扬，妾亦不能久居耳。』公子曰：『礼缘情制，情之所在，异族何殊焉？妹宁不知我心乎？即中馈当无漏言，请勿虑。』遂速卜吉期，厚葬之。初，公子欲以素秋论婚于世家，恂九不欲。既殁，公子商于素秋，素秋不应。公子曰：『妹子年已二十，长而不嫁，人其谓我何？』对曰：『若然，但惟兄命。然自顾无福相，不愿入侯门，寒士而可。』公子曰：『诺。』不数日，冰媒相属，卒无所可。先是，公子妻弟韩荃来吊，得窥素秋，心爱悦之，欲购作小妻。谋之姊，姊急戒勿言，恐公子知。韩心不释，托媒风示公

子，许为买乡场关节。公子闻之，大怒诟骂，将致意者批逐出门，自此交往遂绝。又有故尚书孙某甲，将娶而妇卒，亦遣冰来。其甲第人所素识，公子欲一见其人，因使媒约，使甲躬谒。及期。垂帘于内，令素秋自相之。甲至，裘马驺从，炫耀闾里；人又秀雅如处子。公子大悦，而素秋殊不乐。公子竟许之，盛备装奁[6]。素秋固止之；公子亦不听，卒厚赠焉。既嫁，琴瑟甚敦。然兄嫂系念，月辄归宁。来时，奁中珠绣，必携数事付嫂收贮。嫂不解其意，亦姑听之。

甲少孤，寡母溺爱太过，日近匪人，引诱嫖赌，家传书画鼎彝[7]，皆以鬻偿戏债。韩荃与有瓜葛，日招甲饮而窃探之，愿以两妾及五百金易素秋。甲初不肯；韩固求之，甲意摇动，恐公子不甘。韩曰：『彼与我至戚，此又非其支系，若事已成，彼亦无如我何；万一有他，我身任之。有家君在，何畏一俞谨庵哉！』遂盛妆两姬出行酒，且曰：『果如所约，此即君家人矣。』甲惑之，约期而去。至日，虑韩诈谖，夜候于途，果有舆来，启帘验照不虚，乃导去，姑置斋中。韩仆以五百金交兑明白。甲奔入，诳素秋曰：『公子暴病相呼。』素秋未遑理妆，草草遂出。舆既发，夜迷不知何所，逴行良远，殊不可到。忽见二巨烛来，众窃喜其可以问路。及至前，则巨蟒两目如灯。众大骇，人马俱窜，委舆路侧；将曙复集则空舆存焉。意必葬于蛇腹，归告主人，垂首丧气而已。

数日后，公子遣人诣妹，始知为恶人赚去，初不疑其婿之伪也。陪媵婢归，细诘情迹，微窥其变，忿极，遍诉都邑。某甲惧，求救于韩。韩以金妾两亡，正复懊丧，斥绝不为力。甲呆憨无所复计，各处勾牒至，俱以赂嘱免行。月余，金珠服饰典货一空。公子于宪府究理甚急，邑官皆奉严令，甲知不能复匿，始出，至公堂实情尽吐。宪票拘韩对质。韩惧，以情告父。父时已休职，怒其所为不法，

执付隶。及见官府，言及遇蟒之变，悉谓其词枝梧；家人搒掠殆遍，甲亦屡被敲楚⑧。幸母日鬻田产，上下营求，刑轻得不死，而韩仆已瘐毙矣。韩久困囹圄，愿助甲赂公子千金，哀求罢讼。公子不许。甲母又请益以二姬，但求姑存疑案以待寻访；妻又承叔母命，朝夕解免，公子乃许之。甲家綦贫，货宅办金，而急切不能得售，因先送姬来，乞其延缓。

逾数日，公子夜坐斋中，素秋偕一媪，蓦然忽入。公子骇问：『妹固无恙耶？』笑曰：『蟒变乃妹之小术耳。当夜窜入一秀才家，依于其母。彼亦识兄，今在门外。』公子倒屣出迎，则宛平名士周生也，素相善。把臂入斋，款洽臻至。倾谈既久，始知颠末。初，素秋昧爽款生门，母纳入，诘之，知为公子妹，便欲驰报。素秋止之，因与母居。甚得母欢，以子无妇，窃属意素秋，微言之。素秋以未奉兄命为辞。生亦以公子交契，故不肯作无媒之合，但频频侦听。知讼事已有关说，素秋乃告母欲归。母遣生率一媪送之，即嘱媪为媒。公子以素秋居生家久，亦有此心；及闻媪言大喜，即与生面订姻好。先是，素秋夜归，欲使公子得金而后宣之。公子不可，曰：『向愤无所泄，故索金以败之耳。今复见妹，万金何能易哉！』即遣人告诸两家罢之。又念生家故不甚丰，道又远，亲迎殊难，因移生母来，居以恂九旧第；生亦备币帛鼓乐，婚嫁成礼。

一日，嫂戏素秋曰：『今得新婿，从前枕席之爱犹忆之否？』素秋笑顾婢曰：『忆之否？』嫂不解，研问之，盖三年床笫皆以婢代。每夕以笔画其两眉，驱之去，即对烛独坐，婿亦不之辨也。益奇之，求其术，但笑不言。次年大比，生将与公子偕往。素秋曰：『不必。』公子强挽而去。是科，公子中式，生落第归。逾年母卒，遂不复言进取矣。一日，素秋谓嫂曰：『向求我术，固未肯以此骇物听也。今

将远别，请秘授之，亦可以避兵燹。』嫂惊问故，答曰：『三年后此处当无人烟。妾荏弱不堪惊恐，将蹈海滨而隐。大哥富贵中人，不可以偕，故言别也。』乃以术悉授嫂。数日又告别，公子留之不得，至泣下，问：『何往？』又不言。鸡鸣早起，携一白须奴，控双卫而去。公子阴使人尾送之，至胶莱之界，尘雾幛天，既晴，已迷所往。

三年后闯寇犯顺，村舍为墟。韩夫人剪帛置门内，寇至，见云绕韦驮⑨高丈余，遂骇走，以是得保无恙。后村中有贾客至海上，遇一叟似老奴，而髭发尽黑，猝不能认。叟停足笑曰：『我家公子尚健耶？借口寄语：秋姑亦甚安乐。』问其居何里，曰：『远矣，远矣！』匆匆遂去。公子闻之，使人于所在遍访之，竟无踪迹。

异史氏曰：管城子无食肉相⑩，其来旧矣。初念甚明，而乃持之不坚。宁如糊眼主司，固衡命不衡文耶？一击不中，冥然遂死，蠹鱼之痴，一何可怜！伤哉雄飞不如雌伏。

注释

①冠玉：帽子上装饰用的美玉。此处比喻美男子。

②踧落：指冷落。

③老宿：老成有声望的人。此处指宿儒。

④已登鬼箓：已经离开人世。鬼箓，死者名册。陶渊明《拟挽歌辞》：『昨暮同为人，今且在鬼箓。』

⑤蠹鱼：蛀蚀书籍的小虫子。其形似鱼，故称。

⑥装奁：嫁妆。

⑦鼎彝：鼎和彝都是古代青铜器，此处指珍贵的古玩。
⑧楚：刑杖。
⑨韦驮：佛教天神，为四天王三十二神将之首。其像多穿武将服，手持金刚杵，威猛高大。
⑩管城子无食肉相：意谓读书人没有做官的福相。黄庭坚《戏呈孔毅父》诗：『管城子无食肉相，孔方兄有绝文书。』